시인이여 詩人이여

시인이여 詩人이여

洪海里 시선집

우리글

고운야학孤雲野鶴의 시를 위하여

洪 海 里

나에게 시는 무엇이고,
시인은 누구인가?
시에 대하여,
시인에 대해 내가 나에게 다시 한 번 묻는다.

꽃을 들여다보니 내가 자꾸 꽃에게 길들여지고 있다
꽃을 봐도 가장 중요한 것은 보이지 않는다
가장 아름답고 감미로운 꽃의 노래는 들리지 않는다
내가 보는 것은 껍질뿐
껍질 속에 누가 청올치로 꼭꼭 묶어 놓은 보물이 들
어 있는가
텅 빈 멀떠구니 하나 아직도 배가 고파
몸 속에 매달려 껄떡이고 있다
자연을 잊고, 잃었기 때문이다
욕심의 허물을 벗어 허물이 없는 詩, 너를 기다리는
마음이 늘 그렇다.

알고 나면 아무것도 아닌 것이 너무나 많다

모르기 때문에 우리는 몰입하는 것이다

마중물 같은 시, 조촐하고 깨끗한 시 한 편을 만나고
싶어

뚱딴지같이 천리 길도 머다 않고 햇살처럼 달려나가
지만

나는 늘 마중만 나가고 너는 언제나 배웅만 하고 있다

내가 나를 이기지 못해 흘리고 있는 눈물 속에

시가 별것 아니라고 너와 별거를 할 수가 있는가

사람 사는 일이란 길을 트고 길이 들고 길을 나는 것
이 아닌가

푸르게 치닫는 치정의 산하로

강 건너 웃는 소리 들리지 않고 산 너머 우는 모습이
보이지 않으면

어찌 우리가 하늘까지 닿을 수 있겠는가

마디게 더디더디 익어가는 시도 언젠가는 향기롭게
익으리니

나무가 본능으로 햇빛을 향해 몸을 뒤틀 듯

그리 해야 시가 다가오지 않겠는가.

호박꽃 속에서는 바람도 금빛으로 놀고 있다

호박벌 한 마리 황궁 속에 들어가면

금방 황금도포를 걸치고 활개 치는 금풍金風이 요란하다

둥근 침실로 내려가 신부를 맞이하면 어찌 세상이 환하지 않으랴

금세 젖을 물고 있는 아기가 보인다

푸른 치마를 걸친 시녀들이 줄줄이 부채 들고 바람을 맞이하고 있다

하인들은 더듬이손으로 도르르 감고는 놓으려 들지 않는다

사랑이란 기갈나고 감질나는 것이 아니던가

줄줄이 태어나는 왕자와 공주들

이제 천지 사방으로 벋어 나가면 온 세상이 금빛 바람 부는 영토가 되리라

시도 이렇게 태어난다면 얼마나 좋으랴.

시여, 너를 꿈꾸다 깬 몽롱한 새벽 나 혼자 아득하다

머리맡의 파돗소리 잠들고 백사장은 텅 비어 있다

꿈이란 내가 꾸는 것이어서 너는 똑똑히 기억하고

있겠지만 나는 잊어버리기 일쑤지

　일수를 빌려 얼마를 갚고 남은 것이 몇 푼인가

　도무지 기억이 아물아물 아련하다

　꾼다는 것은 잠시 빌려쓰는 것이라서 갚기는 갚아야
하는데

　한여름 저녁나절 자귀나무꽃 아래서 나는 무슨 꿈을
꾸고 있는지

　자귀나무는 내 꿈속에서 무엇을 꾸려는지 분홍빛 주
머니를 흔들고 있다

　자귀나무 꽃이 지고 나면 내 시도 콩꼬투리 같은 열
매가 맺힐 것인가

　꿈이 컸으니 바람만 불어 꿈 같은 세월이 아득하게
지고 있다.

　천둥은 왜 치는가, 천둥은 언제 우는가

　울어야 할 때 천둥은 운다, 천 번을 참고 참았다가 친다

　피터지게 울고 통곡한다

　아무때나 함부로 우는 것은 천둥이 아니다

　번개는 왜 치는가, 번개는 똥개처럼 울지 않는다

　옆집 개가 하늘 보고 컹컹 짖을 때 똥개는 따라 짖는다

안개도 울고 는개도 운다, 소리없이 운다

번개는 번득이는 촌철살인의 이론이 있어야 한다

유월이라고 느긋하게 놀면서 보내려 했더니 흐르는 듯 수유인 듯 가고 만다

미끈유월이라고 시를 만나지 않고 미끈미끈 보낼 수는 없다

내가 쓴 시에서도 번개가 치고 천둥이 우는가 돌아볼 일이다.

혼자 아닌 것이 없다고 함부로 노래하는가, 시인이여

혼자가 아닌 것이 어디 있던가

어느 시인은 '혼자인 사람은 아무도 없다'(No man is an island!)라고 했지

세상에, 세상에 행行이 무엇이고 연聯이 무엇이란 말인가

행간行間에는 무엇이 있는가, 연간聯間에는 또 무엇이 존재하는가

반평생 너와 살아도 어려운 것은 행간을 읽는 일

연간을 읽는 일이 아니던가

갈 곳이 멀다고 모든 것을 읽고 말면 혼자는 무엇이

될 것인가

혼魂이 자는 자후 행간에 홀로 누워 코나 골고 있을까

나는 혼자인가 혼자가 아닌가

오늘도 욕심 없고 허물 없는 시 속으로 몸 던져 자폭
하고 싶다.

나이가 몇인데 아직도 사랑타령인가

네 개의 사랑 가운데 마지막 사랑이 손을 놓았다

하룻밤 잠 못 자고 울음을 토하다 시원히 손 흔들며
보내 주었다

잘 가거라 마지막 사랑이여

이제는 사랑 없이 살아야 하는 남은 삶을 어이 할 것
인가

이가 없으면 잇몸으로 살 수 있는가

아무 쓸모 없는 사랑이라면 일찍 버리는 것이 좋다.

'이'가 사랑을 만나면 '사랑니'가 되는 것은 사랑의 속
성이지만

사랑도 사랑 나름이어서 쓸데없는 사랑은 과감히 버
려야 한다

시에서도 필요 없는 사랑은 사랑니처럼 뽑아버려야

한다.

입추가 되어 혼인비행을 하고 있는
한 쌍의 가벼운 고추잠자리를 보라
하늘이 제 잠자리라고 그냥 창공을 안아버린다
축하한다고 풀벌레들 목청을 뽑고
나무들마다 진양조 춤사위를 엮을 때
한금줍는 고추잠자리는 추억처럼 하늘에 뜬다
내가 쓰는 한 편의 시도
눈과 머리와 몸통과 꼬리와 날개를 가지고
고추잠자리처럼 푸른 하늘에 자유로이 날 수 있을까.
허리띠를 졸라맬 때마다 수도꼭지를 틀곤 했던 시절
주린 배를 물로 채우고 올려다본 하늘은
늘 푸르고 높아 먼 그리움처럼 반짝반짝 윤이 났다
아무리 물 쓰듯 한다지만 수도꼭지는 잠가야 한다
물처럼 쓰고 싶은 시도 꼭지를 잠그고 기다릴 때가
있다
대한大寒도 무섭지만 대한大旱 앞에 견딜 장사가 있는가
물은 생명이다! 라는 구호가 그냥 구호口號가 아니라
구호救護가 되어야 한다

물보다 여리고 욕심 없고 아름다운 것이 세상에 또 있겠는가
시도 그렇다.

바위는 제자리서 천년을 간다
제 몸뚱어리를 갈고간 조각들이 버력이 되고 모래가 되어
다시 천년을 흙으로 간다
그렇게 간 거리가 한자리일 뿐, 그래도 바위는 울지 않는다
바람이 불어오고 강물이 흘러가고 번개 치고 천둥 운들 대수랴
바위는 조촐하고 깨끗한 제자리를 하늘처럼 지킨다
바위 같은 시 한 편을 위해 시인은 바위가 되어 볼 일이다

폐허에, 향기로운 흉터에 또 상처를 남기기 위해
가슴속에 자유라는 섬 하나 품고 살거라
너도 상처를 입어 봐야 올곧은 자세로 시 앞에 서게 될 것이다
바람은 다리속곳 바람으로 대고 꿈꾸며 불고

물 위를 탐방탐방 뛰어가는 돌처럼 우주의 자궁에서
아기별이 탄생하고 있다
웃음이 그칠 때까지, 눈물이 마를 때까지
바람 바람 울어라, 바람 바람 불어라
시도 그렇게 태어나기 마련이다.

시는 자연이 보내는 연애편지, 시가 맛이 가면 사랑
은 떠난다
시가 상하고 시는 날에는 사람들이 식상하는 법이다
갓 시집온 새색시 시장바구니에서 싱싱한 참붕어를
꺼내 놓고
그냥 두면 쓰레기 될 퍼런 무청을 말린 시래기에 파
마늘 생강 콩나물 무 감자
인삼 양파 깻잎 쑥갓 밤 대추 기름 고춧가루 사골육
수 청주까지
듬뿍듬뿍 넣고 찜을 만들어 새신랑 돌아올 때까지 기
다려라
상 차려 덮어놓고 맛있는 술도 한 병 준비한 다음…
…,
시는 냉장고에 넣어야 한다

생선회도 숙성을 해야 맛이 더하듯 시도 잘 숙성을
시켜야 한다.

　자리끼가 놓이던 자리에 백지 한 장 펼쳐 놓고
　밤새도록 잠 속에서, 꿈속에서 싸우고 있다
　그물과 작살을 바다에 던지고 흐르는 물에 낚시를 드
리운다
　허공에 그물 치고, 앞산 뒷산에 덫과 올무도 설치한다
　고래는 못 잡아도 노루 토끼 고라니 멧돼지는 잡아야지
　풀씨나 나무열매라도 털고, 멧비둘기 꿩 메추라기라
도 잡아야지
　버들치 갈겨니 쉬리 동자개 참마자 치리라도 잡고 싶
은 밤은 어이 빨리 지새는가
　꿈을 깨고 나면 열심히 암송했던 명시(?) 한 편이 간
곳이 없다
　詩앗이나 詩알은 때를 놓치지 말고 그때그때 잡아야
한다.

　주머니에 손을 넣고 걸어가면서 가래 두 알을 달그락
달그락 굴리다 보면

살불이 일어 손바닥에 별이 뜬다
시의 별이 가슴에 와 안긴다
무쇠솥 걸어 놓은 아궁이에 발갛게 타는 참나무 장작불
겨울 하늘까지 탁 탁 튀어오르는 불알, 불의 알처럼
영혼이 뜨겁다
시도 푸른 불알처럼 우리 가슴속에서 불타올라야 한다
하늘에 뜬 별처럼 반짝반짝 빛나야 한다.

높이가 없으면 산이 아니고 깊이가 없으면 바다가 아
니다
넓이가 없으면 하늘이나 들이 되지 못한다
한 편의 시도 높이와 깊이, 넓이가 있어야 한다
오늘도 새벽 세 시 한 대접의 냉수로 주린 영혼을 씻
고 몸과 마음에 촛불을 밝힌다
시는 내 영혼이 피워내는 향기로운 꽃이요, 그 꽃이
맺는 머드러기이다
시는 아무리 마셔도 물리지 않는 물이요 씹을수록 단
맛이 나는 밥이다
보이지 않는 공기와 물과 밥이 만들어내는 한 방울의
뜨거운 피와 뼈다

시는 내 집이요 길이요 빛이요 꿈이다
우리의 영토에 드리우는 시원하고 환한 솔개그늘이다.

이름 없는 풀이나 꽃은 없다, 나무나 새도 그렇다
이름 없는 잡초, 이름 없는 새라고 시인이 말해서는
안 된다.
시인은 모든 대상에게 이름을 붙여주고 그 이름을 불
러 주는 사람이다
이름없는 시인이란 말이 있다
시인은 이름으로 말해선 안 된다 다만 시로 말해야
한다
이름이나 얻으려고 장바닥의 주린 개처럼 진자리 마
른자리 가리지 않고 기웃대지는 말 일이다
그래서 천박䑋駁하거나 천박淺薄한 유명 시인 이 되면
무얼 하겠는가
속물 시인, 시인이라는 이름으로 꺼귀꺼귀하는 속물
이 되지 말 일이다
가슴에 산을 담고 물처럼 바람처럼 자유스럽게 사는
시인
자연을 즐기며 벗바리 삼아 올곧게 사는 시인

욕심 없이 허물없이 멋을 누리는 정신이 느티나무 같
은 시인

유명한 시인보다는 혼이 살아 있는 시인, 만나면 반
가운 시를 쓰는 좋은 시인이 될 일이다.

如是我聞!

시인의 말

내 시는 모두가 자연에게서 무이자로 빌려온 것들이다. 한 포기
풀만도 못하고 한 송이 꽃만도 못한 것들뿐이라서 늘 자연에게 부끄
럽기 그지없다.

1969년에 낸 첫시집 『투망도投網圖』로부터 2010년에 펴낸 『비밀』에
이르기까지의 15권에서 83편의 작품을 내 시선으로 골라 이번 시선을
엮는다.

20세기에 낸 11권의 시집에서는 각각 5편씩, 21세기 들어서 펴낸 4
권의 작품집에서는 각각 7편씩 추려 올렸다.

시선 뒤에 올린 「난정기蘭丁記」를 써 주신 임보 시인과 洪海里論인
「해리海里, 무하유지향無何有之鄕을 찾아서」를 써 주신 신현락 시인께
고마운 마음을 여기 적어 남긴다.

2012년 신록이 짙은 세란헌에서,

洪海里 적음.

차례

시인론

시인이여 詩人이여

설마雪馬

눈처럼 흰 말
눈 속에 사는 말
눈 속을 달려가는 말

설마 그런 말이 있기나 하랴마는
눈처럼 흰 설마를 찾아
눈 속으로 나 홀로 헤맨다 한들

설마 누가 뭐라고 하겠는가만
말은 한 마리도 보이지 않고
말 달려가는 요란한 소리만 들려올 뿐

한평생 허위허위 걸어온 길이라 해도
앞이 전혀 보이지 않아 막막하니
말꾼 찾아 마량馬糧을 준비할 일인가

오늘 밤도 눈 쌓이는 소리
창 밖에 환한데
설마가 사람 잡는다 해도

나를 비우고 지우면서
설마 설마 하는 마음으로
설마를 찾아 길 없는 밤길을 나서네.

– 시집 『비밀』(2010)

비밀

그 여자 귀에 들어가면
세상이 다 아는 건 시간문제다
조심하라 네 입을 조심하라
그녀의 입은 가볍고 싸다
무겁고 비싼 네 입도 별수없지만
혼자 알고 있기엔 아깝다고
입이 근지럽다고
허투루 발설 마라
말끝에 말이 난다
네 말 한 마리가 만의 말을 끌고 날아간다
말이란 다산성이라 새끼를 많이 낳는다
그 여자 귀엔 천 마리 파발마가 달리고 있다
말은 발이 없어 빨리 달린다, 아니, 난다
그러니 남의 말은 함부로덤부로 타지 마라
말발굽에 밟히면 그냥 가는 수가 있다
그 여자 귓속에는 세상의 귀가 다 들어 있다
그 여자 귀는 천 개의 나발이다
그녀는 늘 나발을 불며 날아다닌다
한번, 그녀의 귀에 들어가 보라
새끼 낳은 늙은 암퇘지 걸근거리듯

그녀는 비밀肥蜜을 먹고 비밀秘密을 까는 촉새다

'이건 너와 나만 아는 비밀이다'.

– 시집 『비밀』 (2010)

방짜징

죽도록 맞고 태어나
평생을 맞고 사는 삶이려니,

수천수만 번 두들겨 맞으면서
얼마나 많은 울음의 파문을 새기고 새겼던가
소리밥을 지어 파문에 담아 채로 사방에 날리면
천지가 깊고 은은한 소리를 품어
풀 나무 새 짐승들과
산과 들과 하늘과 사람들이 모두
가슴속에 울음통을 만들지 않는가
바다도 바람도 수많은 파문으로 화답하지 않는가
나는 소리의 자궁
뜨거운 눈물로 한 겹 한 겹 옷을 벗고
한평생 떨며 떨며 소리로 가는 길마다
울고 싶어서
지잉 징 울음꽃 피우고 싶어
가만히 있으면 죽은 목숨인 나를
맞아야 사는, 맞아야 서는 나를
때려 다오, 때려 다오, 방자야!
파르르 떠는 울림 있어 방짜인

나는 늘 채가 고파

너를 그리워하느니
네가 그리워 안달하느니!

– 시집 『비밀』(2010)

시가 죽이지요

시가 정말 죽이네요
시가 죽인다구요

내 시가 죽이라니
영양가 높은 전복죽이란 말인가
시래기죽 아니면 피죽이란 말인가
무슨 죽이냐구
식은 죽 먹듯 읽어치울 만큼 하찮단 말인가
내 시가 뭘 죽인다는 말인가
닦달하지 마라
죽은 밍근한 불로 천천히 잘 저으면서 끓여야
제 맛을 낼 수 있지
벼락같이 쓴 시가 잘 쑨 죽맛을 내겠는가
죽은 서서히 끓여야 한다
뜸들이는 동안
시나 읽을까
죽만 눈독들이고 있으면
죽이 밥이 될까
그렇다고 죽치고 앉아 있으면
죽이 되기는 할까

쓰는 일이나 쑤는 일이나 그게 그거일까
젓가락을 들고 죽을 먹으려 들다니
죽을 맛이지 죽 맛이 나겠는가
저 말의 엉덩이 같은 죽사발
미끈 잘못 미끄러지면 파리 신세
빠져 나오지 못하고 죽사발이 되지
시를 쓴답시구 죽을 쑤고 있는 나
정말 시가 죽이 되어 나를 죽이는구나
쌀과 물이 살과 뼈처럼
조화를 이루어야 맛있는 죽이듯
네 시를 부드럽고 기름지게 끓이거라

시가 정말 죽이네요
시가 죽인다구요.

– 시집 『비밀』 (2010)

황태의 꿈

아가리를 꿰어 무지막지하게 매달린 채
외로운 꿈을 꾸는 명태다, 나는
눈을 맞고 얼어 밤을 지새우고
낮이면 칼바람에 몸을 말리며
상덕 하덕에 줄줄이 매달려 있는
만선의 꿈
지나온 긴긴 세월의 바닷길
출렁이는 파도로 행복했었나니
부디 쫄태는 되지 말리라
피도 눈물도 씻어버렸다
갈 길은 꿈에서도 보이지 않는
오늘밤도 북풍은 거세게 불어쳐
몸뚱어리는 꽁꽁 얼어야 한다
해가 뜨면
눈을 뒤집어쓰고 밤을 지새운 나의 꿈
갈가리 찢어져 날아가리라
말라가는 몸 속에서
난바다 먼 파돗소리 한 켜 한 켜 사라지고
오늘도 찬 하늘 눈물 하나 반짝인다
바람 찰수록 정신 더욱 맑아지고

얼었다 녹았다 부드럽게 익어 가리니

향기로운 몸으로 다시 태어나

뜨거운 그대의 바다에서 내 몸을 해산하리라.

– 시집 『비밀』(2010)

시월

가을 깊은 시월이면
싸리꽃 꽃자리도
자질자질 잦아든 때,

하늘에선 가야금 퉁기는 소리
팽팽한 긴장 속에
끊어질 듯 끊어질 듯,

금빛 은빛으로 빛나는
머언 만 리 길을
마른 발로 가고 있는 사람
보인다.

물푸레나무 우듬지
까치 한 마리
투명한 심연으로, 냉큼,
뛰어들지 못하고,

온 세상이 빛과 소리에 취해
원형의 전설과 추억을 안고

추락,

추락하고 있다.

ㅡ시집 『비밀』 (2010)

밥

밥은 금방 지어 윤기 잘잘 흐를 때
푹푹 떠서 후후 불며 먹어야
밥맛 입맛 제대로 나는 법이지
전기밥솥으로 손쉽게 지어
며칠을 두고 먹는 지겨운 밥
색깔까지 변하고 맛도 떨어진
그건 밥이 아니다 밥이 아니야
네 귀 달린 무쇠 솥에 햅쌀 씻어 안치고
오긋한 아구리에 소댕을 덮어
아궁이에 불 지펴 나무 때어 짓는
아아, 어머니의 손맛이여,
손때 묻어 반질반질한 검은 솥뚜껑
불길 고르다 닳아빠진 부지깽이
후둑후둑 타는 청솔가리
설설 기는 볏짚이나 탁탁 튀는 보릿짚
참깻단, 콩깍지, 수숫대
풍구 바람으로 때던 왕겨 냄새 그리운 날
냉장고 뒤져 반찬 꺼내기도 귀찮아
밥 한 공기 달랑 퍼 놓고
김치로 때우는 점심 홀로 서글퍼

석달 열흘 가도 배고프지 않을
눈앞에 자르르 어른거리는 이밥 한 그릇
모락모락 오르는 저녁 짓는 연기처럼
아아, 그리운 어머니의 손맛!
그러나 세상은 그게 전부가 아닐세
시장이 반찬이라 하지 않던가
새들은 나무 열매 몇 알이면 그만이고
백수의 제왕도 배가 차면 욕심내지 않네
썩은 것도 가리지 않는 청소부
껄떡대는 하이에나도 당당하다
배고픈 자에겐 찬밥도 꿀맛이요
밥 한 술 김치 한 쪽이면 임금님 밥상
그러니 지상은 늘 우리의 만찬장이 아닌가.

−시집『황금감옥』(2008)

장醬을 읽다

그녀는 온몸이 자궁이다
정월에 잉태한 자식 소금물 양수에 품고
장독대 한가운데 자릴 잡으면
늘 그 자리 그대로일 뿐---,
볕 좋은 한낮 해를 만나 사랑을 익히고
삶의 갈피마다 반짝이는 기쁨을 위해
청솔 홍옥의 금빛 관을 두른 채
정성 다해 몸 관리를 하면
인내의 고통이 있어 기쁨은 눈처럼 빛나고
순결한 어둠 속에서 누리는 임부의 권리
몸 속에 불을 질러 잡념을 몰아 내고
맵고도 단맛을 진하게 내도록
참숯과 고추, 대추를 넣고 참깨도 띄워
자연의 흐름을 오래오래 독파하느니
새물새물 달려드는 오월이 삼삼한 맛이나
유월이년의 뱃구레 같은 달달한 맛으로
이미 저만치 사라진 슬픔과
가까이 자리잡은 고독을 양념하여
오글보글 끓여 내면
투박한 기명器皿에 담아도

제 맛을 제대로 내는
장醬이여, 너를 읽는다
네 몸을 읽는다

황금감옥黃金監獄

나른한 봄날
코피 터진다

꺽정이 같은 놈
황금감옥에 갇혀 있다
금빛 도포를 입고
벙어리뻐꾸기 울 듯, 후훗후훗
호박벌 파락파락 날개를 친다

꺽정이란 놈이 이 집 저 집 휘젓고 다녀야
풍년 든다
언제
눈감아도 환하고
신명나게 춤추던 세상 한 번 있었던가

호박꽃도 꽃이냐고
못생긴 여자라 욕하지 마라
티끌세상 무슨 한이 있다고
시집 못 간 처녀들
배꼽 물러 떨어지고 말면 어쩌라고

시비/柴扉 걸지 마라

꺽정이가 날아야

호박 같은 세상 둥글둥글 굴러간다

황금감옥은 네 속에 있다.

– 시집 『황금감옥』 (2008)

물의 뼈

물이 절벽을 뛰어내리는 것은
목숨 있는 것들을 세우기 위해서다

폭포의 흰 치맛자락 속에는
거슬러 오르는 연어 떼가 있다

길바닥에 던져진 바랭이나 달개비도
비가 오면 꼿꼿이 몸을 세우듯

빈자리가 다 차면 주저 없이 흘러내릴 뿐
물이 무리하는 법은 없다

생명을 세우는 것은 단단한 뼈가 아니라
물이 만드는 부드러운 뼈다

내 몸에 물이 가득 차야
너에게 웃음을 주고 영원으로 가는 길을 뚫는다

막지 마라
물은 갈 길을 갈 뿐이다

– 시집 『황금감옥』 (2008)

비백飛白

그의 글씨를 보면
폭포가 쏟아진다
물소리가 푸르다
언제 터질지 모를
불발탄이 숨겨져 있다
한켠 텅 빈 공간
마음이 비워지고
바람소리 들린다
펑! 터지는 폭발소리에
멈칫 눈길이 멎자
하얀 눈길이 펼쳐진다
날아가던 새들도
행렬을 바꾸어
끼룩대면서
글씨 속에 묻히고 만다
길을 잃은 사람이
보이지 않는다
한 구석에 보일 듯 말 듯
뒷짐지고 서 있던
그가 화선지에서 걸어 나온다.

– 시집 『비밀』 (2010)

김치, 찍다

싱싱하고 방방한 허연 엉덩이들
죽 늘어섰다

때로는 죽을 줄도 알고
죽어야 사는 법을 아는 여자

방긋 웃음이 푸르게 피어나는
칼 맞은 몸

바다의 사리를 만나
한숨 자고 나서
얼른 몸을 씻고

파 마늘 생강 고추를 거느리고
조기 새우 갈치 까나리 시종을 배경으로,

잘 익어야지, 적당히 삭아야지
우화羽化가 아니라 죽어 사는 생生

갓 지은 이밥에
쭉 찢어 척, 걸쳐놓고

김치!

셔터를 누른다.

– 시집 『황금감옥』 (2008)

호박

한자리에 앉아 폭삭 늙었다

한때는 푸른 기운으로 이리저리 손 흔들며 죽죽 벋어
나갔지
얼마나 헤맸던가
방방한 엉덩이 숨겨놓고
활개를 쳤지
때로는 오르지 못할 나무에 매달려
버둥거리기도 했지
사람이 눈멀고 반하는 것도 한때
꽃피던 시절 꺽정이 같은 떠돌이 사내 만나
천둥치고 벼락치는 날갯짓 소리에 그만 혼이 나갔겠다
치맛자락 뒤집어쓰고 벌벌 떨었지
숱한 자식들 품고 살다 보니
한평생이 별것 아니더라고
구르는 돌멩이처럼 떠돌던 빈털터리 돌이 아범 돌아와
하늘만 쳐다보며 한숨을 뱉고 있다

곱게 늙은 할머니 한 분 돌담 위에 앉아 계시다.

−시집 『황금감옥』(2008)

귀북은 줄창 우네

세상의 가장 큰 북 내 몸 속에 있네
온갖 소리북채가 시도 때도 없이 울려 대는 귀북이네

한밤이나 새벽녘 북이 절로 울 때면
나는 지상에 없는 세월을 홀로 가네

봄이면 꽃이 와서 북을 깨우고
불 같은 빗소리가 북채가 되어 난타공연을 하는 여름날
내 몸은 가뭇없는 황홀궁전
둥근 바람소리가 파문을 기르며 굴러가는 가을이 가면
눈이 내리면서 대숲을 귓속에 잠들게 하네

너무 작거나 큰 채는 북을 울리지 못해
북은 침묵의 늪에 달로 떠오르네

늘 나의 중심을 잡아주는 북,
때로는 천 개의 섬이 되어 반짝이고 있네

－시집『황금감옥』(2008)

가을 들녘에 서서

눈멀면
아름답지 않은 것 없고

귀먹으면
황홀치 않은 소리 있으랴

마음 버리면
모든 것이 가득하니

다 주어버리고
텅 빈 들녘에 서면

눈물겨운 마음자리도
스스로 빛이 나네.

- 시집 『푸른 느낌표!』 (2006)

나 죽으면 바다로 돌아가리라

넓고 넓은 바닷가 외진 마을
어머니의 고향
우주의 자궁
나 죽으면 그곳으로 돌아가리라
돌아가 그 보드라운 품에 안겨
무한과 영원의 바다를 살리라
이승에서 지은 죄와 모든 때
뜨거운 불로 사루고 태워
한줌의 가루로 남아
천지를 진동하는 폭풍과 파도에 씻기어
벽옥의 바닷속 깊이 가라앉으리라
꽃 한 송이 무슨 소용 있으랴
빗돌이 무슨 필요 있으랴
이름도 흔적도 꿈도 잊어버리고
붉은 해 바다에 떠오를 때
바다를 깨워 바다에 뜨고
진홍빛 노을 서녘 하늘 물들이면
나 파도와 함께 잠들리라
하늘에 수많은 별들 불 밝히고
하나가 따로 없는 바다에서

나도 하나의 바다가 되리라
그리하여 파도의 꿈을 엮으리라
어린 아이 맑은 미소의 집을 짓고
혼돈의 바다
원시의 바다에서
그 조화의 바다
생명의 바다에서
일탈한 죽음의 넋들과 만나
아름다운 불륜으로 자유의 사생아를 낳으리라
끝없이 한없이 낳으리라
묵시와 화엄의 바다
충일과 자족의 바다에서
파도가 파도를 낳고
그 파도가 파도를 낳고 낳으리라
파도 하나가 다른 파도를 흔들어
온 바다가 하나의 큰 파도로 피리라
바다가 껴안고 있는
바닷속 물의 섬에는
자연의 혼교가 이어지고 이어지고
설렘이 죽은 바닷가에서

또 다른 설렘이 태어나고
그리움이 끝난 바닷가에서
또 다른 그리움이 피어나고
사랑이 끝난 바닷가에서
또 다른 사랑이 일어나고
울음도 눈물도 다 죽은 바닷가에서
또 다른 울음과 눈물이 솟아나고
ㅎㅎ! 웃는 소리도 끝난 바닷가에서
또 다른 웃음이 터져나오는
오 절망의 사랑이여
절망의 절망의 사랑이여
나 죽으면 바다로 돌아가리라
절망의 바다로.

- 시집 『푸른 느낌표!』 (2006)

초여름에서 늦봄까지

1
그해 여름
혼자
빨갛게 소리치는
저 장미꽃더미 아래
나는
추웠네
한겨울이었네
속살 드러내고 속살대는
초여름 문턱에 서서
나무들은 옷을 껴입고 있었네
연초록에서 진초록으로.

2
천둥과 번개 사이로
불볕더위가 느릿느릿 지나가고
흰 이슬 방울방울
지천으로 내리는
황금벌판---,
발가벗고 누워도

부끄럽지 않았네
온몸의 광채
저 높은 거지중천으로
흥겹게 퍼져
하늘을 덮고 있었네
가슴에 응어리진
아픔의 알갱이도 금빛으로 익어
투명한 빛살로 원을 그리고
견고한 열매 속
하늘로 하늘로 길이 열리고 있었네.

3
온 세상에 흰눈이 내려쌓여
천지가 적막에 잠길 때
포근한 눈이불을 뒤집어쓴
보리밭 이랑이랑
별로 뜨고 있었네 나는,
긴긴 밤 서성이며
잠 못 드는 저 보리싹들을 안고
일어서는 은빛 대지는

가장 지순한 한 편의 위대한 시를
깊이 깊이 품어안은 채
수천수만의 꽃봉오리를 밝히고 있었네.

4
산비둘기 울음으로
쑥 냉이 꽃다지 벌금자리로
돋는 사랑이여
차라리 질경이 속에 들어가
작디작은 씨앗이 되어
그리움이 이는 풀밭길
연초록으로 피어나고 싶네
빛과 어둠
시작과 끝
삶과 죽음을 잇는 끈이 되어
두 손길 마주잡고
눈에 젖는 사랑
따숩은 세상길에
그의 시간이 되고 싶네
무량공간으로, 나는.

– 시집 『푸른 느낌표!』 (2006)

산벚나무 꽃잎 다 날리고
– 은적암隱寂庵에서

꽃 지며 피는 이파리도 연하고 고와라
때가 되면 자는 바람에도 봄비처럼 내리는
엷은 듯 붉은빛 꽃이파리 이파리여
잠깐 머물던 자리 버리고 하릴없이,
혹은 홀연히 오리나무 사이사이로
하르르하르르 내리는 산골짜기 암자터
기왕 가야 할 길 망설일 것 있으랴만
우리들의 그리움도 사랑도 저리 지고 마는가
온 길이 어디고 갈 길이 어디든 어떠랴
하늘 가득 점점이 날리는 마음결마다
귀먹은 꽃이파리 말도 못하고 아득히,
하늘하늘 깃털처럼 하염없이 지고 있는데
우리들 사는 게 구름결이 아니겠느냐
우리가 가는 길이 물길 따르는 것일지라
흐르다 보면 우리도 문득 물빛으로 바래서
누군가를 위해 잠시 그들의 노래가 될 수 있으랴
재자재자 끊임없이 흘러가는 물소리 따라
마음속 구름집도 그냥 삭아내리지마는
새로 피어나는 초록빛 이파리 더욱 고와라.

– 시집 『푸른 느낌표!』(2006)

먹통사랑

제자리서만 앞뒤로 구르는
두 바퀴수레를 거느린 먹통,
먹통은 사랑이다
먹통은 먹줄을 늘여
목재나 석재 위에
곧은 선을 꼿꼿이 박아 놓는다
사물을 사물답게 낳기 위하여
둥근 먹통은 자궁이 된다
모든 생명체는 어둠 속에서 태어난다
어머니의 자궁도 어둡고
먹통도 깜깜하다
살아 있을 때는 빳빳하나
먹줄은 죽으면 곧은 직선을 남겨 놓고
다시 부드럽게 이어진 원이 된다
원은 무한 찰나의 직선인 계집이요
직선은 영원한 원인 사내다
그것도 모르는 너는 진짜 먹통이다
원은 움직임인 생명이요
또 다른 생명을 탄생시키기 위해 직선이 된다
둥근 대나무가 곧은 화살이 되어 날아가듯

탄생의 환희는 빛이 되어 피어난다
부드러운 실줄이 머금고 있는
먹물이고 싶다, 나는.

– 시집 『푸른 느낌표!』 (2006)

가을 엽서

풀잎에 한 자 적어
벌레소리에 실어 보냅니다

난초 꽃대가 한 자나 솟았습니다
벌써 새끼들이 눈을 뜨는
소리, 향기로 들립니다

녀석들의 인사를 눈으로 듣고
밖에 나서면
그믐달이 접시처럼 떠 있습니다

누가
접시에 입을 대고
피리 부는 연습을 하고 있습니다

창백한 달빛을 맞은
지상의 벌레들도
밤을 도와 은실을 잣고 있습니다

별빛도 올올이 내려

풀잎에 눈을 씻고
이슬 속으로 들어갑니다

더 큰 빛을 만나기 위해
잠시,
고요 속에 몸을 눕니다

오늘도
묵언 수행 중이오니
답신 주지 마십시오.

- 시집 『푸른 느낌표!』 (2006)

설중매雪中梅

창 밖, 소리 없이 눈 쌓일 때
방안, 매화,
소문 없이 눈트네
몇 생生을 닦고 닦아
만나는 연緣인지
젖 먹던 힘까지, 뽀얗게
칼날 같은 긴, 겨울밤
묵언默言으로 피우는
한 점 수묵水墨
고승,
사미니,
한 몸이나
서로 보며 보지 못하고
적멸寂滅, 바르르, 떠는
황홀한 보궁寶宮이네.

– 시집『푸른 느낌표!』(2006)

홍해리洪海里는 어디 있는가

시詩의 나라
우이도원牛耳桃源
찔레꽃 속에 사는
그대의 가슴속
해종일
까막딱따구리와 노는
바람과 물소리
새벽마다 꿈이 생생生生한
한 사내가 끝없이 가고 있는
행行과 행行 사이
눈 시린 푸른 매화,
대나무 까맣게 웃고 있는
솔밭 옆 마을
꽃술이 술꽃으로 피는
난정蘭丁의 누옥이 있는
말씀으로 서는 마을
그곳이 홍해리洪海里인가.

– 시집 『봄, 벼락치다』 (2006)

숫돌은 자신을 버려 칼을 벼린다

제 몸을 바쳐
저보다 강한 칼을 먹는
숫돌,

영혼에 살이 찌면 무딘 칼이 된다.

날을 세워 살진 마음을 베려면
자신을 갈아
한 생을 빛내고,

살아 남기 위해서는 버려야 한다.

서로 맞붙어 울어야
비로소 이루는
상생相生,

칼과 숫돌 사이에는 시린 영혼의 눈물이 있다.

— 시집 『봄, 벼락치다』 (2006)

봄, 벼락치다

천길 낭떠러지다, 봄은.

어디 불이라도 났는지
흔들리는 산자락마다 연분홍 파르티잔들
역병이 창궐하듯
여북했으면 저리들일까.

　나무들은 소신공양을 하고 바위마다 향 피워 예불 드
리는데 겨우내 다독였던 몸뚱어리 문 열고 나오는 게 춘
향이 여부없다 아련한 봄날 산것들 분통 챙겨 이리저리
연을 엮고 햇빛이 너무 맑아 내가 날 부르는 소리,

　우주란 본시 한 채의 집이거늘 살피가 어디 있다고 새
날개 위에도 꽃가지에도 한자리하지 못하고 잠행하는
바람처럼 마음의 삭도를 끼고 멍이 드는 윤이월 스무이
틀 이마가 서늘한 북한산 기슭으로 도지는 화병,

　벼락치고 있다, 소소명명!

　　　　　　　　　　　　　　　 – 시집 『봄, 벼락치다』 (2006)

독

네 앞에 서면
나는 그냥 배가 부르다

애인아, 잿물 같은
고독은 어둘수록 화안하다

눈이 내린 날
나는 독 속에서 독이 올라

오지든 질그릇이든
서서 죽는 침묵의 집이 된다.

– 시집 『봄, 벼락치다』 (2006)

꽃나무 아래 서면 눈물나는 사랑아

꽃나무 아래 서면 눈이 슬픈 사람아
이 봄날 마음 둔 것들 눈독들이다
눈멀면 꽃 지고 상처도 사라지는가
욕하지 마라, 산것들 물오른다고
죽을 줄 모르고 달려오는 저 바람
마음도 주기 전 날아가 버리고 마니
네게 주는 눈길 쌓이면 무덤 되리라
꽃은 피어 온 세상 기가 넘쳐나지만
허기진 가난이면 또 어떻겠느냐
윤이월 달 아래 벙그는 저 빈 자궁들
제발 죄 받을 일이라도 있어야겠다
취하지 않는 파도가 하늘에 닿아
아무래도 혼자서는 못 마시겠네
꽃나무 아래 서면 눈물나는 사랑아.

− 시집 『봄, 벼락치다』 (2006)

연가

– 지아池娥에게

맷방석 앞에 하고
너와 나 마주앉아 숨을 맞추어
맷손 같이 잡고 함께 돌리면
맷돌 가는 소리 어찌 곱지 않으랴
세월을 안고 세상 밖으로 원을 그리며
네 걱정 내 근심 모두 모아다
구멍에 살짝살짝 집어넣고 돌리다 보면
손잡은 자리 저리 반짝반짝 윤이 나고
고운 향기 끝 간 데 없으리니
곰보처럼 얽었으면 또 어떠랴 어떠하랴
둘이 만나 이렇게 고운 가루 갈아 내는데
끈이 없으면 매지 못하고
길이 아니라고 가지 못할까
가을가을 둘이서 밤 깊는 소리
쌓이는 고운 사랑 세월을 엮어
한 생生을 다시 쌓는다 해도
이렇게 마주앉아 맷돌이나 돌리자
나는 맷중쇠 중심을 잡고
너는 매암쇠 정을 모아다
서름도 아픔까지 곱게 갈아서

껍질은 후후 불어 멀리멀리 날리자
때로는 소금처럼 짜디짠 땀과 눈물도 넣고
소태처럼 쓰디쓴 슬픔과 미움도 집어 넣으며
둘이서 다붓 앉아 느럭느럭 돌리다 보면
알갱이만 고이 갈려 쌓이지 않으랴
여기저기 부딪치며 흘러온 강물이나
사정없이 몰아치던 바람소리도
추억으로 날개 달고 날아올라서
하늘까지 잔잔히 어이 열리지 않으랴.

– 시집 『봄, 벼락치다』 (2006)

아름다운 남루

잘 썩은 진흙이 연꽃을 피워 올리듯
산수유나무의 남루가
저 눈부시게 아름다운 빛깔을 솟구치게 한
힘이었구나!
누더기 누더기 걸친 말라빠진 사지마다
하늘 가까운 곳에서부터
잘잘잘 피어나는 꽃숭어리
바글바글 끓어오르는 소리
노랗게 환청으로 들리는 봄날
보랏빛 빨간 열매들
늙은 어머니 젖꼭지처럼, 아직도
달랑, 침묵으로 매달려 있는
거대한 시멘트 아파트 화단
초라한 누옥 한 채
쓰러질 듯 서 있다.

이 막막한 봄날
누덕누덕 기운 남루가 아름답다.

– 시집 『봄, 벼락치다』 (2006)

연지비익連枝比翼

– 애란愛蘭

난을 사랑한다 함은
우주를 품어안음이니,

바위 깊이 수정 지주를 세우고
지상에 녹색 보석 궁전을 지어
반야般若의 길을 찾아 천릿길을 나서네
푸른 잎술에서 나는 향그런 풍경소리
깊숙이서 차오르는 영혼의 노래
기다리다 기다리다
그리움에 목이 젖으면
떼기러기 띄우고 해와 달 엮어
기인 목 뽑아 눈물 같은 향 피우네
천지간에 사무치는 한넋으로
돌아보는 세상은
늘 저만치 비켜서 있고
차가운 불길 가슴을 태워,

그리고 그리는
연지비익連枝比翼이여!

– 시집 『愛蘭』 (1998)

무위無爲의 시詩

너는
늘
가득 차 있어
네 앞에 서면
나는
비어 있을 뿐 —
너는 언제나 무위의 시
무위의 춤
무위의 노래
나의 언어로 쌓을 수 없는 성
한밤이면
너는 수묵빛
사색의 이마가 별처럼 빛나, 나는
초록빛 희망이라고
초록빛 사랑이라고
초록빛 슬픔이라고 쓴다
새벽이 오면
상처 속에서도 사랑은 푸르리니
자연이여
칠흑 속에 박힌 그리움이여

화성華星의 처녀궁에서 오는

무위의 소식

푸른 파도로 파도를 밀면서 오네.

−시집 『愛蘭』 (1998)

다짐
− 애란愛蘭

적당히 게으르게
살자
하면서도,

네 앞에 오면
그게 아니고.

조금은 무심하게
살자
하면서도,

네 앞에 서면
그게 아니고.

− 시집 『愛蘭』 (1998)

지는 꽃을 보며
– 애란愛蘭

외롭지 않은 사람 어디 있다고
외롭다 외롭다고 울고 있느냐
서산에 해는 지고 밤이 밀려와
새들도 둥지 찾아 돌아가는데
가슴속 빈자리를 채울 길 없어
지는 꽃 바라보며 홀로 섰느냐
외롭지 않은 사람 어디 있다고
외롭다 외롭다고 울고 있느냐.

– 시집 『愛蘭』 (1998)

난초꽃 한 송이 벌다

– 애란愛蘭

처서가 찾아왔습니다 그대가 반생을 비운 자리에 난초
꽃 한 송이 소리없이 날아와 가득히 피어납니다 많은
세월을 버리고 버린 물소리 고요 속에 소심素心 한 송
이 속살빛으로 속살대며 피어납니다 청산가리 한 덩이
가슴에 품고 밤새도록 달려간다 한들 우리가 꽃나라에
정말 닿을 수 있겠으랴만,

피어나는 꽃을 보고
그대는 꽃이 진다 하고
나는 꽃이 핀다 하네.

피고 지고 피고 지고
피고 지면서
목숨은 피어나는데 ……,

참 깊은 그대의 수심水深
하늘못이네.

우리가 본시부터
물이고 흙이고 바람이 아니었던가

또는 불이 아니었던가.

그리하여 물빛과 하늘빛 속에는 불빛도 피어나 황토빛
내음까지 실렸습니다 올해에도 여지없이 처서가 돌아
와 산천초목들이 숨소리를 거르는데 늦꽃 소심 한 송
이 피어 깊이깊이 가슴에 들어와 안깁니다.

푸르르르르 백옥 같은 몸을 떨며 비비며 난초꽃 한 송
이 아프게 피었습니다.

- 시집 『愛蘭』 (1998)

첨마

이 풍진 세상의 무량 인연을

눈뜨고 자는 깡마른 붕어가

설피창이 걸치고 홀로 가는 이

그 사람 등에 대고 삭이고 있네.

- 시집 『투명한 슬픔』 (1996)

난초 한 촉

두륜산 골짜기 금강곡金剛谷으로
난초 찾아 천릿길 달려갔다가
운선암雲仙庵에 하룻밤 몸을 포개니
기웃기웃 달빛이 창문을 때려
밖에 나와 숲속의 바람과 놀 때
잠 못 들던 사미니 내 귀를 잡네
물소리도 날아가다 엿보고 가고
난초蘭草꽃 깊은 골짝 암자 속에서
하늘 땅이 초록빛 독경을 하네.

- 시집 『투명한 슬픔』(1996)

투명한 슬픔

봄이 오면 남에게 보이는 일도 간지럽다
여윈 몸의 은빛 추억으로 피우는 바람
그 속에 깨어 있는 눈물의 애처로움이여
은백양나무 껍질 같은 햇살의 누런 욕망
땅이 웃는다 어눌하게 하늘도 따라 웃는다
버들강아지 솜털 종소리로 흐르는 세월
남쪽으로 어깨를 돌리고 투명하게 빛난다
봄날은 스스로 드러내는 상처도 아름답다.

– 시집 『투명한 슬픔』 (1996)

해당화

그해 여름 산사에서 만난
쬐끄마한 계집애
귓불까지 빠알갛게 물든 계집애
절집 해우소 지붕 아래로
해는 뉘엿 떨어지고
헐떡이는 곡두만 어른거렸지
저녁바람이
조용한 절마당을 쓸고 있을 때
발갛게 물든 풍경소리
파 · 르 · 르 · 파 · 르 · 르 흩어지고 있었지
진흙 세상 속으로 환속하고 있었지.

– 시집 『투명한 슬픔』(1996)

牛耳洞 詩人들

시도때도없이 인수봉을 안고 노는
도둑놈들

집도절도없이 백운봉 위에 잠을 자는
도둑놈들

죽도밥도없이 우이천 물소리만 퍼마시는
도둑놈들

풀잎에도 흔들리고 꽃잎에 혼절하는
천지간에 막막한,

도둑놈들!

– 시집 『투명한 슬픔』 (1996)

시인이여 詩人이여

– 시환詩丸

말없이 살라는데 시는 써 무엇 하리
흘러가는 구름이나 바라다볼 일
산속에 숨어 사는 곧은 선비야
때 되면 산천초목 시를 토하듯
금결 같은 은결 같은 옥 같은 시를
붓 꺾어 가슴속에 새겨 두어라.

시 쓰는 일 부질없어 귀를 씻으면
바람소리 저 계곡에 시 읊는 소리
물소리 저 하늘에 시 읊는 소리
티없이 살라는데 시 써서 무엇 하리
이 가을엔 다 버리고 바람 따르자
이 저녁엔 물결 위에 마음 띄우자.

– 시집 『난초밭 일궈 놓고』 (1994)

난초밭 일궈 놓고

백운봉 바위 아래 한 뼘 땅을 갈아엎고

몇 그루 난을 세워 바람소리 일으키니

그 바람 북으로 울다 피리소리 토해내고

푸른 칼날 번쩍이며 달빛 모아 춤을 엮네.

- 시집 『난초밭 일궈 놓고』 (1994)

참꽃여자

1

하늘까지 분홍물 질펀히 들여 놓는
닿으면 녹을 듯한
입술뿐인
그 女子.

2

두견새 울어 예면
피를 토해서
산등성이 불 지르고
타고 있는 그 女子.

섭섭히 끄을리는 저녁놀빛 목숨으로
거듭살이 신명나서
피고 지는
그 女子.

3

무더기지는 시름
입 가리고 돌아서서

속살로 몸살하며
한풀고 살을 푸는
그 女子.

눈물로 울음으로
달빛 젖은 능선 따라
버선발 꽃술 들고
춤을 추는
그 女子.

4
긴 봄날 타는 불에
데지 않는 살
그리움 또아리 튼
뽀얀 목의 그 女子.

안달나네 안달나네
천지간에 푸른 휘장
아파라 아파라
바르르 떠는 이슬구슬 그 女子.

5
바람처럼 물길처럼
넋을 잃고 떠돌다
눈물 뚝뚝 고개 꺾고
재로 남는
그 女子.

– 시집 『난초밭 일궈 놓고』 (1994)

다시 보길도에서

노화도 이목에서
맑은 물로 마음 한번 헹구고
청별나루에 내리면

이별을 안고
맞는 적자산 이마 아래
젖은 머리 쳐들고
꺼이꺼이 꺽꺽꺽
우는 물결아

발목 잡고 매달리는
푸른
치맛자락도

예송리 바닷가 검은 자갈도
중리 맑은 모래밭이나
선창바다도

팽나무 감탕나무 후박나무 소나무
가슴마다 못을 박고

사는 일이
결국 슬픔을 준비하는
바람인가

부용동 동백꽃도
숯불 같은 가슴만 태우며 떠나가고

룰룰룰 루루루루
자르륵 짜르륵
울며불며
보길도가 가슴에 뜨네.

– 시집 『난초밭 일궈 놓고』(1994)

옹기민속박물관

1
길이 보인다
조상들이 넘던 먼지 풀풀 황토길
그리움으로 젖어 있는
다정한 손길과 발길이
이곳에 오면
불쌍한 누이의 눈물도 맺혀 있고
어머니의 물긷는 소리
할머니의 한숨소리도 담겨 있다
새벽 일찍 거름을 내시던
아버지의 기침 소리
할아버지 바튼 호흡 무거운 어깨
그 너머 나란히 키재기하는
곰살궂은 장독대
햇살은 언제나 따숩게 쏟아지고
잘 곰삭아 익어가는
간장 된장 고추장---
아랫목에 별빛으로 고이는 술 내음
소금독에선 소금이 생활의 간을 맞추고
큰 독마다 오곡이 피우는 무지개

곰비임비 사랑을 쌓아 올리는
백제 조선의 마을 고샅고샅
천년 하늘을 씻어내리는
흰옷 입은 사람들의 정성이여,

이곳에 오면
천년이 보인다, 천년이 들린다.

2
멋 부려 꾸미지 않고
비어 있어도
늘
배 불룩하니 느긋한 여유여,
그것은
우리의 누이였고 어머니였다
손을 얹으면 짜르르 피가 도는 흙
그렇다, 흙은 우리의 몸
그 몸으로 빚은 우리의 형상들이
이곳에 서서 역사가 되어 있다
땅 기운 하늘 기운 바람의 혼까지도

신명이 나서 신이 올라서
스스로 노래하는 곳
어머니! 하고 부르면
아버지! 하고 부르면
어머니 아버지가 대답하는 곳
이곳은
문을 열어 놓은 넉넉한 곳간
그렇게 햇살 밝은 집 안팎
할머니 어머니 누이로 서 있고
사랑채 밖에는
할아버지 아버지로 형으로
옹기종기 모여 서 있는,

이곳에 오면
천년이 들린다, 천년이 보인다.

* 옹기민속박물관 : 서울 도봉구 쌍문동 497-15(전화 : 9000-900,
관장 : 이영자)에 있으며 2,000여 점의 옹기와 옛 생활용품이 전시
되어 있고 아름다운 단청도 감상할 수 있음.

– 시집 『난초밭 일궈 놓고』 (1994)

은자의 북

나의 詩는 북, 은자의 북이다
삶의 빛과 향으로 엮는
생명의 속삭임과
격랑으로 우는,

북한산 물소리에 눈을 씻고
새소리로 귀를 채워
바람소리, 흙냄새로 마음 울리는
나의 시는 북이다, 은자隱者의 북.

– 시집 『은자의 북』 (1992)

소심 개화素心開花

한가을 둥근달
맑은 빛살로
바느질 자국
하나
남기지 않고
밤 도와 마름하여

첫날밤 지샌
새댁
정화수
앞에 놓고
두 손 모으다

바람도 자는데
바르르
떠는
하늘빛 고운 울음
영원 같은 거

엷은 고요

무봉천의無縫天衣 한 자락

홀로 맑은

지상의 한 뼘 자리

젖빛 향기 속

선녀 하강하다.

– 시집 『隱者의 북』 (1992)

난초 이파리

부러질 듯 나부끼는 가는 허리에

천년 세월이 안개인 듯 감기고

있는 듯 없는 듯 번져 오는 초록빛 황홀

해 뜨고 달 지는 일 하염없어라.

− 시집 『은자의 북』 (1992)

세란헌洗蘭軒

하늘이 씻은 너를 내 다시 씻노니

내 몸에 끼는 덧없는 세월의 티끌

부질없이 헛되고 헛된 일이 어리석구나

동향마루 바람이 언뜻 눈썹에 차다.

* 세란헌 : 우이동에서 난을 기르고 있는 달팽이집만한 마루임

– 시집『은자의 북』(1992)

시 한 편

난 속에
암자

암자 속에
비구니

비구니의
독경

독경의
푸른
빛.

– 시집 『은자의 북』 (1992)

자귀나무꽃

세모시 물항라 치마 저고리

꽃부채 펼쳐들어 햇빛 가리고

단내 날 듯 단내 날 듯

돌아가는 산모롱이

산그늘 뉘엿뉘엿 섦운 저녁답

살 비치는 속살 내음 세모시 물항라.

– 시집 『淸別』 (1989)

대금 산조
– 운파転波의 연주를 들으며

쌍골대 마디마디 구멍을 뚫어
여섯 개의 지공을 파고
청공 하나 칠성공 두 개
아홉 구멍이 취공의 호흡 따라
현현묘묘 울리는
진양조 중모리 중중모리 자진모리.

땅바닥에 좌정하고
젓대를 잡자
유구한 시간이 멎고
무변한 공간이 사라진다
천지간 적멸의 순간
사위가 태산처럼 고요하다.

드디어 취공에 혼을 불어넣자
안개가 울기 시작한다
어둠이 일어서고
고요가 꿈틀댄다

태산에서 샘이 솟는다

이승이 저승
저승이 이승
온몸의 피가 탄다
땅속에서 용암이 분출하고
천지가 진동한다.

갑자기 끊어질 듯 이어지는
한 많은 젊은 홀어미 흐느낌 소리
길게 길게
애끓는 울음소리
남의 간장 다 녹이다
소리없이 돌아서 사라진다.

피울음도 통곡도 다 부려 두고
가는 사람, 가는 사람아
버려라 버려라
모두 다 버려라
너도 버리고 나도 버려라
티끌세상 티끌세상 모두 버려라.

다시 이 산 저 산을 이어
무지개 무지개 쌍무지개 핀다
구름이 가듯 달이 가듯, 아니면
꿈인 듯 꿈속인 듯
아아, 고요해라 고요해라

천년 묵은 바위를 뚫고
내리치는 고승의 할喝!
폭풍이 친다
이마에서 번개가 일고
천둥이 튄다, 이윽고
폭포가 되어 맨몸으로 떨어진다.

일순
배고픈 아이
젖 찾아 보채는 소리
꽃이 버는 듯 잎이 피는 듯
수수밭가 저녁하늘을 흔들다
적막강산 학이 난다
천년, 천년 세월이 가듯.

그 녀석 어느새
수숫대처럼 자라 사랑을 하는구나
그리움에 불이 붙은 심장
아, 뛰는 심장이여
환희에 젖은 불꽃이여
태풍이여 물바다여 황홀이여.

혓바닥으로 화살을 쏜다
가슴마다 명중이다, 명중!
순간 바람이 차다
갑작스런 안개바다, 바닷안개
네가 보이지 않는다
나도 보이지 않는다.

바람소리 잡고
청대밭 가득 일렁이는
칠흑의 치맛자락 슬리는 소리, 소리
날 샐 무렵
옥류천 모래알 구르는 소리
산빛 가득 담고 흐르는 명경지수

명경지수 맑은 물소리.

아아, 끝내는 이마에 땀이 차고
선녀들이 춤을 춘다
소리로, 혼으로 짓는 춤사위
백옥 같은 발이 간간 드러나다
쭉 벋은 곧은 다리
천상에 노닐던 저 백옥의 다리
땅을 힘껏 걷어차고
가쁜 숨 몰아내며 날아오른다.

희미한 수묵색 산하
금사은사로 내리는
교교한 달빛
가뭄천지에 내리는 빗줄기다가
소리없는 이슬비다
마음은 젖어 비워지고
가없는 허공 중에
나는 없고 소리만 살아 있다
표표한 가락으로

소리만, 울림만 살아
천지의 잠을 깨우고 있다.

– 시집 『청별』 (1989)

청별淸別

창 밖에 동백꽃 빨갛게 피고
구진구진 젖고 있는 겨울비
꽃 속에서 젖은 여인이 걸어나오는
동짓달도 저무는 보길도 부둣가
오후 두 시에서 세 시 사이
차 한잔 시켜 놓고 바다를 본다
고산이 어부사시사를 낚던 바다
비 사이로 보이는 겨울바다
빗방울 하나에도 바다는 깨어지고
동백나무 아래서 작별하는 연인들
어떻게 헤어짐이 청별일까
예송리행 보길여객 미니버스
낮은 목소리로 경적을 토해내고
청별을 연습하는 나그네도
비와 함께 젖고 있는 겨울바다.

– 시집 『淸別』 (1989)

봄날에
– 우이동 일지 · 1

시도 때도 없이
울어쌓는
소쩍새.

집도 절도 없이
떠도는
내 마음.

– 시집 『淸別』 (1989)

시간과 죽음

철커덕, 시간과 죽음의 문이 닫히고
빛도 소리도 완전히 차단되었다
모든 것을 포기하고 어딘가로 한없이 떨어져 내렸다
걱정의 눈빛들이 잠시 마주치다 돌아선 후
드디어 이승의 경계를 넘어서 굴러갔다
마지막으로 돌아본 다음 하나 두울 세엣 그리고 그만
이었다
끓던 번민과 걱정도 한줌 바람일 뿐
저문 강에 떠가는 낙엽이었다 나의 목숨은.

텅 비어 버린 가슴으로 낯선 암흑이 파고들었다
온몸이 묶이고 옥죄어지고
깊은 산 나무들이 마구 베어져 쓰러졌다
나는 자동세탁기 속의 빨랫감이었다
한 치 뒤를 못 보는 장님들이 줄지어 가고 있었다
홀로! 홀로! 하며 어우러짐을 갈구하면서
막막한 들판에 서서 암흑 속에 눈을 던졌다
다시 못 만날 세상을 죽여야 했다 나는.

무엇이 왜 그렇게 서러운지 속으로 속으로 나는 울었다

한 사람의 생애가 바람소리만 내며 흔들리고
이제 눈물 위에 둥둥 뜨는 어둔 바다 잔물결
손에 잡히는 백지마다 크레파스를 마구 문질러댔다
사랑도 추억도 연민도 희망도 그리고 모두를
아무 색깔도 나타나지 않을 때까지
그리고 나서 그 어둡고 기인 터널을 지나
거지중천에 내동댕이쳐졌다 나는.

서울의 하늘이 저리 푸르른지 나는 아지 못했다
저 어두운 콘크리트 숲도 바퀴벌레의 음흉함도 유쾌
하다
다시 보는 모습들과 손길의 살가움이여
이제 나도 스스로 바다를 이루어 저 해를 품고
살아 있는 것들을 사랑해야 하리라
도시의 지평선으로 떨어지는 하루의 빨간 심장을 본다
이 밤은 가고 날을 밝으리라
나도 한 그루 나무로 서서 숲을 지키리라.

— 『淸別』(1989)

너를 위하여

독새풀 일어서는 논두렁
자운영꽃같은 여자,

잔디풀 잠깨는 길가
키 작은 오랑캐꽃같은 여자,

과수원 울타리
탱자꽃같은 여자,

유채꽃 밭머리
조팝꽃같은 여자,

눈 덮인 온실 속
난초꽃같은 여자,

칼바람 맞고 서 있는
매화꽃같은 여자,

산등성이 홀로 피어 있는
들국화같은 여자,

아지랑이같고
백지에 내리는 눈발같고,

그래서 반쯤 비어 있는
그런 너를 위하여.

– 시집 『대추꽃 초록빛』 (1987)

시인詩人이여

요즘 시詩들은 시들하다
시들시들 자지러드는
한낮 호박잎의 흐느낌
마른 개울의 송사리 떼
겉으로 요란하고
울긋불긋 시끄럽다
비 맞은 보리밭처럼 일어서지 못하고
천둥 번개에도 움직이지 않는다
미쳐 거리를 헤매는 이도
독주에 절어 세상을 잊는 이도
없다 아무도 없다
차라리 오늘밤엔 말뚝이를 만나야겠다
말뚝이 애인이라도 만나야겠다
무릎 꿇고 애걸복걸
형님, 형님!
술 한잔 잘 올리면서
시원하게 물꼬도 트고
새벽녘의 성처럼 일어서야겠다
그렇다 그렇다 시인만 하는
절벽 같은 절망의 어둠을 지나

육두문자로 시원하고 신선하게
일어서야겠다 시인이여
시는 시시하고
시인은 그렇다!고 시인만 하는
어두운 골목을 지나
새벽녘 성처럼 일어서야겠다
시인이여 시인詩人이여!

— 시집 『대추꽃 초록빛』 (1987)

난꽃이 피면

1
아무도 가지 않은 눈 위를
가고 있는 사람
모든 길이 눈 속으로 사라지고
길이 없는 이승을
홀로서 가는
쓸쓸한,
쓸쓸한 등이 보인다.

2
진초록 보석으로 날개를 달고
눈을 감고 눈을 뜬다
만 가지 시름이 적막 속으로 사라지고
가장 지순한 발바닥이 젖어 있다
내장산 비자림 딸깍다릴 지날 때에도
영원은 고요로이 잠들어 있었거니
아무 일도 일어나지 않을 듯
투명한 이른 봄날 이른 아침에
실 한 오라기 걸치지 않은 여인女人의 중심中心
실한 무게의 남근男根이 하늘에 걸려 있다.

― 시집 『대추꽃 초록빛』(1987)

선운사에서

눈 내린 선운사 동백숲으로
동박새들 모여서 재재거리고
눈 위에 반짝이는 겨울 새소리
도솔암 오르는 길을 따라서
낭랑하게 선문답하는 개울 물소리
은빛으로 반짝반짝 몸을 제치는
솔잎 사이 바람이 옷을 벗는다
암자엔 스님도 보이지 않고
풍경소리 홀로서 골을 울린다
온 세상이 눈에 덮이고 나니
이것이 사랑이란 생각이 든다
늦잠자던 색시들 동백장 색시들
봄에 오마 약속하고 떠나버린
잊혀진 듯 고요한 사하촌 하늘
종일토록 눈은 내려 산하를 덮고
텅 빈 적막 속에 잠든 겨울 꿈
깨앨까 마알까 하는 2월말
이따금 드나드는 찻소리까지
눈에 덮여 눈에 보이지 않고.

– 시집 『대추꽃 초록빛』 (1987)

난蘭아 난蘭아

1
뼈가 없는 네게는
뼈가 있는데,
뼈가 있는 내게는
뼈가 없구나.

2
너는
겨울밤의 비수요
대추나뭇가시
차돌멩이요
불꽃이다.

3
네게는
햇빛으로 피는 평화
햇빛으로 쌓는 역사
햇빛으로 웃는 사랑
햇빛으로 아는 진실
햇빛으로 보는 영혼

햇빛으로 타는 침묵
햇빛으로 엮는 약속이 있다.

네게는
바람으로 오는 말씀
바람으로 맞는 기쁨
바람으로 크는 생명
바람으로 얻는 휴식
바람으로 벗는 고독
바람으로 거는 기대
바람으로 빗는 무심이 있다.

네게는
물로 닦는 순수
물로 아는 절대
물로 사는 청빈
물로 비는 허심
물로 우는 청일
물로 빗는 여유
물로 차는 지혜가 있다.

4
네 발은 늘 젖어 있고
내 손은 말라 있다.

마른 손으로
너를 안으면
하루의 곤비가 사라지고,

먼 산 위에 떠돌던 별, 안개
바람이 네 주변에 내려
내 가는 손이 떨리고
마취된 영혼이
숨을 놓는다.

고요 속에 입을 여는
초록빛 보석
살아 있는 마약인 너,

십년 넘게
네 곁을 지켜도 너는
여전히 멀다.

– 시집 『대추꽃 초록빛』(1987)

바늘과 바람

내게 허공이 생길 때마다 아내는 나의 빈자리를 용케도 찾아내어 그 자리마다 바늘을 하나씩 박아 놓습니다 한 개 한 개의 바늘이 천이 되고 만이 되어 가슴에 와 박힐 때마다 나는 신음으로 산을 넘고 강을 건너서 비인 들판을 달려 갑니다 동양의 모든 고뇌는 다 제 것인 양 가슴 쓰리며 하늘을 향하여 서른여섯 개의 바람을 날립니다 이제까지는 그 바람이 바람으로 끝이 나고 말았지마는 이제는 바람의 끝에서 빠알갛게 피어오르는 불꽃의 울음소리를 듣습니다 새벽녘 아내의 아지랑이로 넘실대는 파도의 기슭마다 은빛 금빛 비늘을 반짝이는 고기 떼들이 무수히 무수히 하늘로 솟구쳐 오릅니다.

- 시집 『바람 센 날의 기억을 위하여』 (1980)

우이동牛耳洞에서

떨리는 손을 모아
어둠 속에서
신부의 옷을 벗기우듯 하나씩 하나씩
서서히 아주 서서히

인수봉仁壽峯과 백운봉白雲峯에 걸친
안개옷을 걷어올리는
하느님의 커다란 손이 보인다
비가 개이면

푸르른 솔밭 위로
드디어 드러나는 허연 허벅지
백운봉의 속살
젖을 대로 다 젖은

떨리는 사지 사이
이름 모를 새들의 눈부신 목청
수줍어 아직 다 틔이지 않고
무지의 풀잎들이 일어서는데

약수터 세이천洗耳泉으로 가는

무리진 발자국의 경쾌함

눈을 씻고 만나는 허공

햇살 속에 펼쳐진 하느님 마을.

– 시집 『바람 센 날의 기억을 위하여』 (1980)

꽃

이승의 꽃봉오린 하느님의 시한폭탄

때가 되면 절로 터져 세상 밝히고

눈뜬 이들의 먼눈을 다시 띄워서

저승까지 길 비추는 이승의 등불.

– 시집 『바람 센 날의 기억을 위하여』(1980)

여름 기행紀行

남으로 남으로 내달리는 차창 밖
푸른 산과 산 사이 강줄기 따라
대낮의 기름기 짙은 햇덩이는 탄다
포플러 숲을 지날 때면
젊은 시인들의 합창소리 부시고
논에 든 농부들의 청동빛 손
금빛 바람이 머릴 내밀고 있다
동구 밖 한 그루 느티 아래
한 마당 쏟아지는 매미소리 소나기
할아버지 손자가 잠에 취했다
칠석이 가까운 저녁 하늘엔
견우 직녀 눈물이라도 뿌리려는지
거북이 기고 있는 저수지 바닥
불볕이 내려 타면 탈수록
쇠뜨기 바랭이 개비름은 일어서고
피사리 김매기 농약 뿌리기
손은 잠시 쉬일 날이 없어도
입추 지나 살진 바람 불어오는 날
한여름의 땀방울이 알알이 익어
하느님의 곳간까지 가득 채울 일.

– 『바람 센 날의 기억을 위하여』 (1980)

바람 센 날의 기억을 위하여

갈비뼈 하나이던 너
이젠 나를 가득 채우고 압도하여
무명無明인 내가 나를 맞아 싸운다
불타는 뼈의 소리들이
이명으로 잉잉잉 울려오고
천으로 만으로 일어서고 있다
눈에 와 박히는 세상의 모든 물상이
허공 중에 둥둥 떠오르고
꽃이 피는 괴로움 앞에 서서
영혼의 그림자를 지켜보면
투명한 유리잔의 독한 액체와
사기그릇의 신선한 야채도
아린 가슴의 한켠을 채워주지 못한다
밤 깊도록 머리맡에 서성이는
바람소리 빗소리 천둥과 번개
시간이여 절대자인 그대 영원이여
아름다운 것은 영원히 아름답게
아픈 것은 영원히 아프게 아프게.

– 시집 『바람 센 날의 기억을 위하여』 (1980)

빛나는 계절

예식장 가는 길목 조그만 꽃집
주인은 외출 중
꽃이 피어 있다
비인 공간을 가득 채운 천(千)의 얼굴
파뿌리도 보인다
예식장 지하 신부 미용실
몇 송이 장미꽃의 분홍빛 친화
그들의 손과 손 사이
참숯으로 피일 저 서늘한 신부
호밀밭을 들락이던 바람을 타고
살찐 말의 갈기는 빛난다.

− 시집 『우리들의 말』 (1977)

우리들의 말

거리를 가다 무심코 눈을 뜨면
문득 눈앞을 가로막는 산이 있다
머리칼 한 올 한 올에까지
검은 바람의 보이지 않는 손이
부끄러운 알몸의 시대
그 어둠을 가리우지 못하면서도
그 밝음을 비추이지 못하면서도
거지중천에서 날아오고 있다
한밤을 진땀으로 닦으며 새는
무력한 꿈의 오한과 패배
어깨에 무거운 죄 없는 죄의 무게
깨어 있어도 죽음의 평화와 폭력의 설움
눈뜨고 있어도 우리의 잠은 압박한다
물에 뜨고 바람이 불리우고
어둠에 묻히고 칼에 잘리는
나의 시대를
우리의 친화를
나의 외로움
우리의 무예함
한 치 앞 안개에도 가려지는 불빛

다 뚫고 달려갈 풀밭이 있다면
그 가슴속 그 아픔 속에서
첫사랑 같은 우리의 불길을
하늘 높이 올리며 살리라 한다.

– 시집 『우리들의 말』 (1977)

그리움을 위하여

서로 스쳐 지나면서도
만나지 못하는 너를
보고 불러도 들리지 않는 너를
허망한 이 거리에서
이 모래틈에서
창백한 이마를 날리고 섰는 너를 위하여,

그림자도 없이 흔들리며 돌아오는 오늘밤은 시를 쓸
것만 같다 어두운 밤을 몇몇이 어우러져 막소주 몇 잔에
서대문 네거리 하늘은 더 높아 보이고 둥두렷이 떠오른
저 달도 하늘의 술잔에 젖었는지 뿌연 달무리를 안고 있
다 잠들기 전에 잠들기 전에 이 허전한 가슴으로 피가
도는 노래를 부르고 싶다.

네 속에 있는 나를
내 속에 있는 너를
우린 벌써 박살을 냈다.

아득한 나의 목소리
아득한 너의 목소리

아득한 우리 목소리.

돌아가야지 돌아가야지
썩은 사과 냄새에 취해
나는 내 그림자도 잃고 헤맴이여.

흙벽에 등을 대고 듣던
새벽녘 선한 공기를 찍는 까치소리
한낮 솔숲의 뻐꾸기 울음
그믐밤 칠흑빛 소쩍새 울음.

보리푸름 위 종달새 밝은 봄빛과
삘기풀 찔레꽃의 평활 위하여
이 묵은 시간 거리의 떠남을 위하여.

– 시집 『우리들의 말』 (1977)

안개꽃

살빛 고운 아기들이
꿈속에서 젖투정을 하고 있다
배냇짓으로 익은
하늘빛
아기들의 마을에는
늘 안개꽃이 피어 있다
무릎이 퍼렇도록 기는
토끼풀꽃 목걸이로
젖어 있는 울음 하나
고사리 손을 흔들어
흰 구름장을 목에 걸고
종종종
기고 있다 안개꽃 핀다.

- 시집 『우리들의 말』 (1977)

인수봉을 보며

봄이 오면 풀잎이 돋아나듯이
느글대는 피를 어쩔 수 없다
문득 차를 타고
4·19탑 근처를 서성거리다
인수봉을 올려다보면
그저 외연한 바위의 높이
가슴속 숨어 있는 부끄러움이
바람 따라 똑똑히 되살아난다
백운대를 감고 도는 흰 구름장
벼랑에 버티고 선 작은 소나무
어둔 밤이 와도 움쩍 않고
서늘한 바람소리로
가슴속 검은 피를 느글대게 한다
부끄러운 나의 피를 돌게 한다
저 바위 아래 그늘 속
이름 모를 풀꽃도
때가 되면 스스로 피어나는데
부끄러워라 부끄러워라 나의 피여.

– 시집 『우리들의 말』 (1977)

무교동武橋洞 · 1

빛나는 물, 빛인 물, 너 물이여
별인 물, 달인 물, 바람인 물, 불인 물,
무의미의 물이여
아득한 심장에 타는 불의
찬란한 불꽃이 잠들 때까지.

안개 속에서 누가 신방을 차리고
하염없음과 입맞추고 있다
바다에 익사한 30대 사내들
일어서는 손마다 별이 떨어지고
달이 깨어지고 있다
킬킬킬 무심한 저 달빛이
귀에 와 죽은 소리로 울며
바람이 되고
불이 되어 타고 있다.

십년도 천년도 네게는 꽃잎이어니
아픔과 잊음이 문을 열고
죽음까지도 황홀한 빛으로 빛나느니.

토요일 밤과 북소리와 오류와 망각이여
그대들은 언제나 빈객이다
깊디깊은 늪가의 수목들은 쓰러지고
뿌리마다 뿌리째 뽑히우고 있다.

물과 불의 영원한 친화를 위하여
밝음과 어둠의 평화를 위하여
모래 속을 헤매어 온 너의 의미가
오늘 밤은 꿈을 꾸리라 꿈꾸는 꿈을
빨갛게 익은 사과 두 알이 빠개지는 꿈을.

빛나는 물, 빛인 물, 무의미의 물인 너
아득한 심장에 혼자서 타는 불의
찬란한 불꽃이 죽을 때까지.

– 시집 『武橋洞』 (1976)

무교동武橋洞 · 2

안개가 내린다 녀릿녀릿
스물스물 내리는 한 떼의 어둠
짙어가는 어둠의 골목골목으로
가면을 쓴 수천의 사내들
탈에 묻힌 숱한 여자들
빌딩과 빌딩 사이
끝없이 끝없이 내리는
줄기찬 우윳빛 밤빗소리
어두운 대낮과
환한 밤을 이으며
춤추는 허무의 밤빗소리
등 뒤로 매달리는 뿌연 시간의 찌꺼기를
털어내며 털어내며
흔들리는 싸늘한 창유리의 측면
어둠으로 빛나는 더욱 빛나는
창백하게 바랜 밤의 파편들
물위에 떠올라
끝없이 밀려가고 있는 바람의 행렬
파도의 꿈은 깨어지고
잠시도 잠들 날이 없는 바다

소리없이 사라지는 별들의 흔적없는 이별과
이미 닫혀버린 문밖의 서두르는 구두 발자국
가슴마다 출렁이는 어두운 물결 사이
수천의 섬이 둥둥 떠다니고
향그런 풀꽃들이 피어 손짓하지만
솟았다 사라지는 낯선 섬들
비만증을 다스리는 당당한 허세가
텅 비어 있는 있음 위에서
아름다움을 위하여
스냅사진 같은 정사를 위하여
잔인한 시간의 영원을 위하여
끝없이 두드리는 북소리 소리
깨어진 달과 부러진 달빛으로
쌓아올리는 물의 역사
뭉개버리는 불의 반역
하릴없이 낙하하는 꽃이파리들
부러진 날개의 나비 떼 벌 떼
아스팔트 위에 짓이겨진
순결한 처녀림의 허벅지
50m 도로의 소란한 불빛과 함께

질주하는 빌딩과 어둠의 그림자
으스러진 풀소리가 몇 다발씩
시멘트와 철근 사이에서 깨어나고
강 건너 달려오는 기형의 씨앗들
언뜻 틔어오는 새벽녘 하늘빛
강물소리를 일깨우는
바르르 바르르 떠는 부리 상한 새
목이 젖어 하얗게 흔들리고 있다.

- 시집 『武橋洞』 (1976)

무교동武橋洞 · 3

허공에 스러지는 저녁놀처럼
우리는 스러지면서
돌아오는 길 위에
뿌연 안개만 젖어내리고
하루의 일에 굽은 어깨만 아프다.

사내들은 죽기 위하여, 포옹하기 위하여
저무는 저녁 숲 속에서
거지중천으로 달려가고 있다
내밀한 죽음은 진객, 순간의 착각을 위하여
호곡하는 어리석음의 사자는 없느니,

허한 우리의 언어의 전율은
고요한 폭풍, 시끄러운 무덤.
일인칭 대명사가 제왕 되어 호령하며
남루처럼 벗어던진 일상의 허무
눈물과 욕망의 높은 파돗소리.

추억과 내일과 꿈과 무관심이
허공 중에서 까마귀처럼 울고 있는

신비의 마을, 불타는 산하에서
천둥이 울고 벼락도 내리고
드디어 모든 것은 번개와 더불어 침닉한다.

하얀 재의 기진함 속에서
하루살이들이 달아나고 달아난다
동네 개들이 모여 짖어대는 하늘
이승의 끝에 열려 있는 바다
비틀거리는 눈동자 속으로 반란하는 달.

사지 구석구석 침투하는 상실의 아픔
그 속에서 우리가 확인하는 것은
비의 처녀와 바람의 시종들의 낙뢰소리
뼈는 뼈대로 살은 살대로
풀꽃들이 바람을 따라 홀로 피어나고 있다.

눈감고 바라보면 의식의 달빛이
눈을 들면 무의식의 진한 어둠이
불타는 서정의 첫여름을 안고
귀머거리 장님들이 떼지어 가고 있다
살들이 뼈를 떠나 홀로 가고 있다.

− 시집 『武橋洞』 (1976)

무교동武橋洞·6

하루의 해일에 밀린 사내들이 지쳐 시든 꽃밭으로 흘러들 때 갈 길은 멀고 행선은 더뎌도 에헤요 에헤요 에헤요 흐느낌으로 가득한 도시 허무하고 허무한 도시여 비어 있는 신부들은 그냥 비워두고 나팔꽃은 피고 나팔꽃은 벙글다 진다 뒤채이는 저문 골목의 썩은 살과 백골들의 웃음소리 물에 둥둥 뜨는 허이연 몸뚱어리 벙벙한 뱃구레 털북숭이 복숭아 같은 죽은 여자의 이름을 우린 모른다 젖어 있는 소녀들의 애환의 불꽃소리를 우린 듣지 못한다 그 사내들의 기적소리를 우린 따르지 못한다 그 소리의 깊이가 얼마나 깊고 깊은지를 우린 알지 못한다 알지 못한다.

화무십일홍들아 영원한 꿈인 그대들아 너희의 육체가 영혼의 발바닥을 핥고 있어도 너의 발가락이 너의 발의 꿈을 꾸지 못한다 허공대천에 타오르는 오색찬란한 불덩이를 사랑하라 사랑하라 눈물에 젖은 사내가 불타는 여자를 적셔도 여자는 젖지 않는다 드디어 모든 것의 형체가 없어지고 소리가 없어지고 없는 것이 없는 것이 되어도 죽어 있는 시계가 스스로 살아나지 못한다 닫힌 어둠을 비추지 못하는 인공의 달처럼 공중에 뽑혀진 잡초의 허연 뿌리가 뻗어나지 못 하듯이 검은 연탄은 연탄이다.

　정처없이 떠도는 우리의 영혼이 응큼한 심장의 붉은 피를 내보이고 있다 갱 속에서 기어나온 사내들의 풀어진 사지가 허물어지고 무너지고 쓰러지고 침닉한다 늪 속으로 늪 속으로 빠져드는 바람 돌 별 대리석 같은 지혜의 빛남도 보석처럼 당당한 여자의 빛남도 잠자리 날개 같은 가을 하늘이다.

　물이 되어 물을 버리고 불이 되어 불을 버리고 한 알의 모래알 속에서 고뇌의 불은 위대하게 타오르고 불기둥을 든 자들의 축복은 천공무한이다 소금기 가신 가벼운 사내들의 무거운 철학으로 텅빈 도로가 둥둥 떠가고 밤 바다 흰 머리칼을 날리고 서 있다 곧은 길이 사라지고 굽은 길이 나타난다 몇 자 앞이 보이지 않는 길로 향방 모를 바람이 달려가고 있다 갈 길은 멀고요 행선은 더뎌도 에헤요 에헤요 에헤요다.

– 시집 『武橋洞』(1976)

무교동武橋洞 · 15

대한민국의 자궁
서울의 클리토리스.

하늘로부터 낙낙히 나부끼는
천의 만의 꽃잎들
하늘의 하얀 깃발들
푸른 목덜미를 내놓은 채
낮의 미로를 헤매다
밤의 절벽으로
음산한 침묵을 깨며 내려앉는다
내려앉는다
창백한 웃음소리들.

잠자리 날개 같은 하루살이들이
차가운 안개에 싸여
히히히 히히히 히히덕거리며
자유! 정의! 평화! 하며 내리는
무수한 천상의 축복의 메시지
젊음의 텍스트를
민주주의의 오르가즘을 위하여

문을 열고 맞는 미명의 새벽바람.

주홍빛 찬란한 허벅다리
농자색 유방으로
반짝이며 난무하는 조화의 화원
여자들은 마른 꽃으로 피어나고
사내들은 열심히 죽음을 연습한다
날이 새고 밤이 밝는다
거대한 도시
위대한 도시
빛의 충만을 위하여
끝없이 함몰하는 저 개미들의 땀과 피
별과 함께 늪 속으로 늪 속으로.

벌거숭이 강철과 불빛과
미궁 속에서 암담하게 바스러지는
한 줌 꿈인 모래알들
영원한 종말
영원한 시작을 위하여

불의 꿈, 물의 꿈, 바람의 꿈, 모래의 꿈, 소리의 꿈,
빛깔의 꿈, 사람의 꿈, 죽음의 꿈, 하늘의 꿈, 꿈의
꿈들을 싣고
바다로 바다로 달려가는
끝없는 한강 줄기.

물빛에 반짝이는 허공의 불빛
절망의 하얀 손들이
그 불빛을 잡고
허허로이 나부끼는 덧없는 깃발이 되어
하염없이 펄럭이고 있다
영원한 끝
새로운 출발을 위하여,
대한민국의 자궁
서울의 클리토리스
숱한 뉘우침을 만나
질긴 어둠이 되고 있다.

– 시집 『武橋洞』 (1976)

갯벌

노을이 타는
바닷속으로

소를 몰고
줄지어 들어가는

저녁녘의
여인들

노을빛이 살에 오른
바닷여인들.

– 시집 『花史記』 (1975)

화사기花史記

하나.
처음 내 가슴의 꽃밭은
열여덟 살 시골처녀
그 환한 무명의 빛
살 비비는 비둘기 떼
미지의 아득한 꿈
흔들리는 순수의 밀향密香
뿌연 새벽의 불빛
즐거운 아침의 연가
혼자서 피아프게 뒤채이던 늪
아침까지 출렁이며 울부짖는
꽃의 바람, 드디어의 개문開門.

둘.
꽃밭의 꽃은 항상
은밀한 눈짓을 보내고 있었다
나의 눈썹은 현악기
가벼운 현의 떨림으로
겨우내 기갈의 암흑 속에서
눈물만큼이나 가벼이 지녀온

나약한 웃음을,
잔잔한 강물 소리를, 그리고 있었다
조용한 새벽을 기다리는
꽃씨도 꽃나무도
겨울을 벗고 있었다
눈은 그곳에도 내리고
강물 위에도 흔들리며 쌓이고 있었다.

셋.
내가 마지막 머물렀던 꽃밭엔
안개가 천지 가득한 시간이었다
돌연한 바람에 걷히는 안개
내해의 반짝이는 시간의 둘레에서
찢어지는 울음을 울고 있었다
기인 겨울의 인내 속에서 빚은
푸른 비늘이 깜빡이는 잠
밤새워 울던 두견이 깨고 있었다
어느 꿈결에서든가
맨살로 불타는 목청이
깊이깊이에서 솟아오르고 있었다

생명은 안개 속에서
온 세상 가득 차오르고 있었다.

넷.
꽃밭에는 오히려 향그런 불길,
불이 타오르고 있다
오랜 세월의 흐름은
순수한 어둠 속에서 해를 닦아
꿈속의 원시림을 밝히고 있다
어둠 속에서 밝게 피는
한 잎 두 잎의 웃음
웃음의 이파리가 날리는 숲
밤을 먹은 작은 새들이
금빛 햇발을 몇 개씩 물고 있다
황홀한 아침이면
고운 노래가 울려 퍼지고 있다.

다섯.
수繡를 놓는
아내의 잠은 항상 외롭다

수틀 속 물오른 꽃대궁마다
태양이 껴안겨 있다
손마다 가득 괴는 가슴의 설움
병처럼 깊어 더욱 외롭다
고물고물 숨쉬는 고요
사색의 이마는 꽃보다 고운
여름의 꿈이 맺혀 있다
꽃은 죽어 여름을 태우고
꿈보다 예쁜 불을 지피고 있다.

여섯.
여름 바람은 느릿느릿 걸어서 온다
한밤 창가에 흐르는 바람소리
눈을 가리우고
자그만 하늘과 땅을 열고 있다
가을이 오는 꽃밭
겨울 준비를 하는 사철나무
속으로 속으로 잠을 깁는다
성숙한 날개를 자랑하는 잠
천둥도 번개도 멎은

한여름밤의 해일도 잠든
하늘에는 은밀한 속삭임뿐.

일곱.
겨울 열매로 가득 찬 나의 눈
마을마다 아낙들이 치마를 펴
모든 신비와 향수를 맞고 있다
신들은 하늘에서 내려와
땅속에서 꿈을 빚는다
빨간 꽃도 되고
하얀 꽃, 밀감나무도 된다
그러나
그것은 영원한 미완의 회화
나의 눈은 언제나 허전하다
죽음과도 친한 나의 잠
나의 꽃밭은 텅 비어 있다.

− 시집 『花史記』 (1975)

시詩를 쓰는 이유理由

십리 밖 女子가 자꾸 알찐대고 있다.

달 지나는지 하루살이처럼 앓고 있다.

돌과 바람 새 능구렁이가 울고 있다.

내 안을 기웃대는 눈이 빛나고 있다.

– 시집 『花史記』 (1975)

연대기年代記

봄, 그 금빛 사태

아침은 강물 소리로 열려
햇살은 금빛, 사태져 흐르고
죽음을 털고 일어서
열기를 더하는 가느란 생명,
짙은 호흡
겨우내 달아오르던
거대한 수목들의 뿌리며
몇 알 구근의 견고한 의지
단단한 밤의 안개를 털며
아픈 파도로 솟았다
청청한 구름을 날리는 하늘,
은밀한 눈짓에서 언뜻 틔어오는
달뜬 사랑의 비밀.
고요 속에 벙그는 다디단 꿈
온 세상은 불 밝아
아지랑이로 타오르며
건강하게 웃고 있었다.

여름, 그 찬란한 허무

죽음을 앓던 고통도 허무도
뜨거운 태양 앞에선
한 치의 안개일 뿐.
또 하나의 허탈과
어둠을 예비하고
폭군처럼 몰고 가는 자연의 행진.
가을의 풍요론 황금 하늘을 위해
영혼의 불은 끝없이 타오르고
폭염으로 타는 집념의 숲
무성한 잎들의 요란한 군무 소리,
모든 생애를 압도하는
천국의 바람
일상의 타협과 미련을 거부하고
폭풍으로 파도로
새벽의 꿈을 걸르던
경험의 손가락
무거운 열매를 접목하고 있었다.

가을, 그 금간 혁명

무성하던 의식의 숲 속
이승의 맑은 노랫가락,
이마에 어리던 어두운 그림자도
인고의 폭풍우에 사라지고
가슴에 타던 불꽃의 해일
한 줌의 금덩이로 남고
맑은 눈썹달의 낭만이
단단한 껍질 속에 구르는
짙은 안개,
생명의 환희는
충만한 내장에 집중한
가장 깊은 꿈.
풀잎도 스러진 산길
허허론 등성일 따라가노라면
모든 관능의 불은 사라지고
기침 연습을 하는 나뭇이파리들
금간 한여름의 혁명.

겨울, 그 칠흑의 불

줄기차던 생명의 노래,
유년의 향그런 이야기들
몸살처럼 물살져 오고
가장 곱고 아름다운 칠흑의 꿈,
그 꿈을 재우는 나무
흐느끼듯 울부짖듯
우주의 악기를 타고 있는
건강한 손가락 가락
하얀 비둘기 떼.
들어 보아라,
저 유연한 날갯짓소리
어디서 들려오는가
어두운 은하의 골짜길 이우는
잠들지 못하는 바다,
무한한 혼을 어둠 속에 묻고
모든 번뇌는 사라져
환상과 지혜도 묻어 버렸다.
또다시 모든 것을 불태울 불씨만

강물이 바다에 안기우듯
한 줌 흙 속에 묻혀 있다.

– 시집 『花史記』 (1975)

다시 가을에 서서

샐비어 활활 타는 길가 주막에
소주병이 빨갛게 타고 있다
불길 담담한 저녁 노을을
유리컵에 담고 있는 주모는
루비 영롱한 스칼릿 세이지빛
반짝이는 혀를 수없이 뺄고 있다
그미의 손톱이 튀어나와
어둠이 되고 파도가 되고 있다
살 속 가장 깊은 곳에서
석류꽃처럼 피던
그미의 은빛 넋두리가
드디어 하늘을 날고 있다
이슬을 쫓는 저녁 연기도
저문 산천의 으스름으로 섞여
꽃잎은 천의 바다를 눈썹에 이고
서른하나의 파도
허허한 내 오전의 미련을
부르르 부르르 경련을 하게 한다.

– 시집 『花史記』 (1975)

겨울아침의주차장에서

겨울아침의주차장은항구였다
난장판된수라장이었다
안개덮인대폿집의한창때였다
통통대는목선들의아우성이었다
사람마다통통배였다
약속도없는사람들이서로의이마빡에서
깨진활자의웃음을읽고있었다
까마귀가어둡게빙빙돌고있었다
초라한넋들도한창날아다니고있었다
그곳은꽃밭이었다
꽃밭의한낮이었다
여자와여자들의복부였다
신들은웃고있었다
신들은또울고있었다
어떤신은울지도않고웃지도않고있었다
사람은하나도없었다
모두짐승의세상이었다
돌아가는길은항상혼자였다
그러나그곳엔삶의맥이뛰고있었다.

- 시집 『투망도投網圖』 (1969)

투망도投網圖

무시로 목선을 타고
출항하는 나의 의식은
칠흑 같은 밤바다
물결 따라 흔들리다가
만선의 부푼 기대를 깨고
귀향하는 때가 많다

투망은 언제나
첫새벽이 좋다
가장 신선한 고기 떼의
빛나는 옆구리
그 찬란한 순수의 비늘
반짝반짝 재끼는
아아, 태양의 눈부신 유혹
천사만사의 햇살에
잠 깨어 출렁이는 물결
나의 손은 떨어
바다를 물주름잡는다

산호수림의 해저

저 아름다운 어군의 흐름을
보아, 층층이 흐르는 무리
나의 투망에 걸리는
지순한 고기 떼를 보아

잠이 덜 깬 파도는
토착어의 옆구릴 건드리다
아침 햇살에 놀라
이선하는 것을 가끔 본다

파선에 매달려 온
실망의 귀항에서
다시 목선을 밀고 드리우는
한낮의 투망은
청자의 항아리
동동 바다 위에 뜬
고려의 하늘
파도는 고갤 들고 날름대며
외양으로 손짓을 한다

언제나 혼자서 항해하는
나의 목선은
조난의 두려움도 없이
강선처럼 파도를 밀고 나간다

저 푸르른 바다
해명에 흔들리는 하오의 투망
고층 건물의 그늘에서
으깨지고 상한 어물을
이방인처럼 주어 모은 손으로
어기어차 어기어차
다시 먼 바다로 목선을 민다

어부림을 지나
수평선으로 멀리 나갔다가
조난당한 선편과
다시 기운 투망
난파된 밀수선에서 밀려온 밀어와
바닷바람에 쩔은 바다 사람들의
걸걸한 말투

소금 내음새

갈매기 깃에 펄럭이는
일몰의 바다
관능의 춤을 추는 바다
둥 둥 두둥 둥 둥
푸른 치맛자락 내둘리며
흰 살결 속을 들내지 않고
덩실덩실 원시의 춤을 춘다
그때 나의 본능은 살아
하얀 골편이 떠오르는
외양에서 돌아온다

만선이 못 된 뱃전에서 바라보면
넋처럼 피는 저녁 노을
오색 찬연한 몇 마리의 열대어
그들의 마지막 항의
해질녘 나의 투망에 걸린
이 몇 마리의 파닥임을

서천엔 은하
은하직녀의 손 가락가락
밤바다를 두드리고 있다
해면에 흐르는 어부사
칠흑 만 길 해곡에까지
그곳에 흐르는 어군
물 가르며 물 가르며
나의 의식을 흔들고 있다

나의 곁을 지나는 어선의
휘파람 소리---
휘익휙 나의 허전한 귀항을
풀 이파리처럼 흔들고 있다만
찢겨진 투망을 걷어 올리며
닻을 내리는 나의 의식은
찬란한 어군의 흐름 따라
싱싱한 생선의 노랫가락을 그려
다시 투망을 드리운다
가장 신선한 새벽 투망을!

－『投網圖』(1969)

헌화가獻花歌

그대는 어디서
오셨나요
그윽이 바윗가에 피어 있는 꽃
봄 먹어 짙붉게 타오르는
춘삼월 두견새 뒷산에 울어
그대는 냇물에 발 담그고
먼 하늘만 바라다보셨나요
바위병풍 둘러친
천 길 바닷가 철쭉꽃
바닷속에 흔들리는 걸
그대는 하늘만 바라다보고
볼 붉혀 그윽히 웃으셨나요
꽃 꺾어 받자온 하이얀 손
떨려옴은 당신의 한 말씀 탓
그대는 진분홍 가슴만 열고.

– 시집 『投網圖』 (1969)

선화공주善花公主

종일 피릴 불어도
노래 한 가락 살아나지 않는다.

천년 피먹은 가락
그리 쉽게야 울리야만
구름장만 날리는
해안선의 파돗소리.

물거품 말아 올려 구름 띄우고
바닷가운데 흔들리는 소금 한 말
가슴으로 속가슴으로
모가지를 매어달리는 빛살
천년 서라벌의 나뭇이파리.

달빛을 흔들어 놓고
조상네 강물을 울어
손가락 입술까지 적신다만
금빛 가락 은빛 가락은
눈물 뿌리던 사랑.

먼지 쌓이는 한낮에 놀다가는

그림자뿐.

- 시집 『投網圖』 (1969)

선덕여왕善德女王

구름만 데리고 노는
해안선을 종일 바라보다가
바닷가운데 갈앉은
선덕여왕 금가락지
삼월 바다의 모가질 껴안고
하늘가를 바알바알 기어오르면
싱싱한 아침 꽃이 피는
골목길의 금수레바퀴를 따라
천년 율동이던
항아릴 어루던 손
달밤의 목소릴 몰고 온다.

— 시집 『投網圖』 (1969)

난정기 蘭丁記

임보(시인)

세이천洗耳泉 오르는 솔밭 고개

바다만큼 바다만큼 난초蘭草밭 피워 놓고

한란寒蘭, 춘란春蘭, 소심素心, 보세報歲

흐르는 가지마다 그넷줄 얽어

구름을 박차고 하늘을 날다

빈 가슴에 시가 익으면

열서넛 동자놈 오줌을 싸듯

세상에다 버럭버럭 시를 갈긴다.

졸 시집 『은수달 사냥』(1988)에 수록되어 있는 「난초 書房 海里」라는 글인데 난정에 대한 인상을 8행의 짧은 시 속에 담아 본 것이다. 그가 난에 심취한 것은 세상에 익히 알려진 사실이다. 한때는 남도의 산하를 매 주말 누비며 채취해 온 기천 분의 춘란을 기르기 위해 자신의 집보다 넓은 온실을 갖고 있기도 했다. 그래서 나는 그를 '난정蘭丁'이라고 칭호한 것이다. 그러니 난정이 난을 즐긴다는 것은 특별한 정보랄 것도 없다. 이 글의 핵심은 마지막 두 행에 있다. 천진난만한 어린이가 시원하게 오줌을 갈기듯 거침없이 세상을 향해 시를 쏟아내는 그의 열정을 찬미한 것이다. 그의 시는 늘 활기에 차 있다. 나이가 들어도 젊음을 잃지 않고 싱싱하다.

천길 낭떠러지다, 봄은.

어디 불이라도 났는지
흔들리는 산자락마다 연분홍 파르티잔들
역병이 창궐하듯
여북했으면 저리들일까.

나무들은 소신공양을 하고 바위마다 향 피워 예불 드리는데 겨우내 다독였던 몸뚱어리 문 열고 나오는 게 춘향이 여부없다
아련한 봄날 산것들 분통 챙겨 이리저리 연을 엮고 햇빛이 너무 맑아 내가 날 부르는 소리,

우주란 본시 한 채의 집이거늘 살피가 어디 있다고 새 날개 위에도 꽃가지에도 한자리하지 못하고 잠행하는 바람처럼
마음의 삭도를 끼고 멍이 드는 윤이월 스무이틀 이마가 서늘한 북한산 기슭으로 도지는 화병,

벼락치고 있다, 소소명명!

— 홍해리 「봄, 벼락치다」 전문

난정의 시집 『봄, 벼락치다』(2006)에 수록되어 있는 작품이다. 봄의 경이를 낭떠러지와 벼락이라는 역설적인 두 이미지로 제시하고 있다. 겨울에서 봄으로 바뀌는 계절적인 급격한 변이를 '천길 낭떠러지'로, 봄이 화자의 심리에 던지는 충격을 '벼락'으로 보았으리라. 그러나 그 벼락은 화자를 혼절케 하는 파괴적인 것이 아니라 내면을 환하게 밝히는 광명[昭昭明明]이다. 두 이미지를 작품의 전후에 배치하여 사진의 액자처럼 감싸고 있는 구조도 흥미롭다.

　속도감 있게 번지고 있는 북한산 자락의 진달래꽃들을 타오르는 불, 유격대(파르티잔)의 격전, 창궐하는 역병 등 역동적인 이미지로 표현하고 있다. 싱그럽게 잎을 피우는 나무는 푸른 불꽃으로 몸을 태우는 소신공양인가? 바위 사이에서 피어오르는 아지랑이도 향불 같다. 한겨울 감추었던 종아리 드러내고 거리로 나온 여성들 다 춘향이처럼 곱다. 벌이며 나비 같은 생명이 있는 것들은 몸치장하고 짝을 찾는구나. 이 밝은 봄날 그냥 보내지 말라고, 내 속에서도 나를 일깨우는 소리 은은하다.

　제4연은 좀 난해한 면이 없지 않지만 내 나름대로 더듬어 읽어 보면 이런 뜻이 아닌가 짐작된다. 우주 안에 존재하는 삼라만상은 일체가 한 집안 식구와 같다. 그러므로 서로 분별할 일이 아닌데 새의 날개나 나뭇가지를 스치고 지나는 바람처럼 내 마음속에도 잔잔한 파동이 일어난다. 속된 욕망을 잘라내고자 하나 뜻대로 잘 되지 않는 이 고뇌, 이 봄에도 북한산의 봄과 더불어 내가 앓는다. '화병'의 '화'는 화火와 화花의 중의重義를 지닌 시어로 보아 무방하리라.

이처럼 난정의 시는 활력이 넘쳐난다.

이 글을 쓰면서 살펴보건대 난정과 나는 여러 모로 상반된 취향과 성질을 지니고 있다는 사실을 확인하게 된다. 난정이 살아 있는 난을 좋아하고 있을 때 나는 생명이 없는 돌[水石]에 빠져 있었다. 그는 천성이 부지런해서 많은 생명들을 보살필 수 있었던 반면, 나는 게을러서 처음부터 부담 없는 돌에 기울었던 것 같다. 그가 열정적인 낭만파라면 나는 이지적인 고전파에 가깝다. 그는 내가 못 가진 적극성과 과단성 그리고 카리스마를 지녔다. 아마도 그가 지닌 이러한 성품이 〈우이동 시인들〉에 이어 《우리詩》를 수십 년 동안 이끌어 왔으리라.

나와 난정이 북한산 밑자락 우이동 골짝(행정구역상 난정은 우이동, 나는 쌍문동이지만 지호지간의 거리다)에 들어와 살게 된 것은 1970년도 후반 무렵이다. 그런데 우리가 교유를 하게 된 것은 지연地緣이 아닌 인연人緣 때문이었다.

내 맏딸인 우원진이 성신여중 2학년 때 그 학교의 영어교사로 재직하고 있던 난정을 좋아해서 내 처녀시집 『임보의 시들 〈59-74〉』를 보낸 바 있다. 이로 하여 우원

진의 애비가 임보라는 사실을 난정이 처음 알게 되었는데 그때가 아마 1978년쯤으로 기억된다. 이를 계기로 서로를 알게 되었으니 우리의 교유는 30년이 넘은 셈이다. 그러나 본격적으로 자주 만나게 된 것은 〈우이동 시인들〉이라는 동인지를 함께 하면서부터이다.

1986년 가을부터 우이동 인근에 사는 몇 시인들— 홍해리, 채희문, 신갑선, 이생진 등이 자주 만나서 술을 하게 되었고, 드디어는 의기투합하여 사화집을 만들어 보자는 데 이르렀다. 그렇게 해서 〈우이동 시인들〉이라는 동인이 탄생하게 되고 이듬해인 1987년 봄에 사화집 창간호가 간행되었다. 그러면서 동인지 출간 기념으로 시낭송을 덕성여대 입구에 자리한 〈파인웨이〉라는 카페에서 하게 되었는데 이것이 우이동시낭송회(지금의 사단법인 우리詩진흥회)의 효시가 된다.

우이동 시인들의 사화집은 매년 2회씩 봄가을에 간행되었다. 1999년 '우이시회'에 통합되기까지 총 25집을 만들어 냈다. 신갑선 시인은 제6집까지만 참여하고 떠났기 때문에 제7집부터서는 동인이 네 사람이었다.

우리는 한 동네에 살고 있어서 자주 만날 수 있었다. 주말은 물론 주중에도 틈만 나면 만났다. 꽃이 피면 꽃 핑계로 단풍이 들면 단풍 핑계로, 세이천에서 혹은 소귀천에서, 솔밭에서 혹은 진달래 능선에서 술병을 지고 돌아다녔다.

그것도 성이 차지 않아서 우이동 한 건물의 옥탑을 빌어 사랑방 '시수헌詩壽軒'을 만들어 놓고 북을 울리기도 하고, 삼각산 자락에 수십 그루의 복숭아나무로 '우이도원牛耳桃源'을 일궈 놓고 흥청거리며 지냈다. 꽃이 한창 피어나는 봄철엔 시화제詩花祭를, 단풍이 곱게 물든 가을에는 단풍시제丹楓詩祭를 천지신명께 올리며 시와 풍악의 잔치를 벌이는 곳도 바로 이 우이도원이다.

우리 네 사람은 매 사화집에 합작시를 만들어 실었다. 하나의 시제를 놓고 한 사람이 첫 연을 시작하면 그것을 보고 다음 사람이 둘째 연을 쓰고 또 다음 사람이 이어받아 쓰는 공동 연작의 형식이다. 다음의 글은 제24집 『아름다운 동행』에 수록된 합작시 「우이동 시인들」이란 제목의 상호 인물평이다. 채희문, 홍해리, 임보, 이생진 순으로 썼다.

홍해리는 애란가愛蘭歌를 부르며 불도저를 모는 '난정법사蘭丁法師'
임보는 구름 위에 앉아 마술부채로 시를 빚는 '시도사詩道士'
이생진은 섬을 돌며 시를 섬으로 캐는 '시詩심마니'
채희문은 버스 끊어진 정거장의 썰렁한 '에뜨랑제'

임보 시인은 일경구화一莖九華다, 백운대 청상한 바람으로 향을 날리는.

이생진 시인은 제주한란濟州寒蘭이다, 성산포 청정한 석간수로 꽃을 올리는.

채희문 시인은 중국보세中國報歲다, 인수봉 삽상한 침묵으로 꽃을 피우는.

홍해리는 춘란소심春蘭素心이다, 우이동 옥진의 소주로 향을 씻고 있는.

고불古佛 이생진李生珍은 성산포城山浦 물소

포우抱牛 채희문은 포천抱川의 황소

난정蘭丁 홍해리洪海里는 청원淸原의 들소

나 임보林步는 화산華山의 하찮은 염소

'산다는 것은 기다리는 거' 누가 올 것 같아 문을 닫지 못하는 희문喜門

'애란愛蘭은 혼의 전령' 시의 생리生理, 시의 열양熱襄, 시의 정자亭子, 시의 해리海里

'시인은 북이다. 쓰고 싶은 놈 다 써라' 소리치며 숲 속으로 걸어가는 임보林步

'갈매기와 나는 한 배에서 태어났으니까' 끼룩끼룩 바다로 떠나는 생진生珍

서로를 공히 부추기고 자신을 낮추는 겸손을 보이고 있다. 나는 내가 쓴 부분을 다음과 같이 더 줄여 「네 마리의 소」라는 제목으로 사단시집 『운주천불』(2000)에 실었다.

고불古佛 이생진李生珍은 물소/ 포우抱牛 채희문蔡熙汶은 황소/

난정蘭丁 홍해리洪海里는 들소/ 나 임보林步는 조그만 염소

　우이동 시인들 네 사람을 우직한 소에 비유해서 읊은
것인데 이 작품의 말미엔 다음과 같은 짧은 해설이 달려
있다.

　　* 우이동 사인방四人幇의 인물시다. 고불은 섬에 미쳐 늘 물을 떠
나지 못한 것이 마치 물소와 같다. 포우는 이중섭의 그림 속에 나
온 황소처럼 강렬해 보이지만 사실 양순하고, 난정은 난과 매화를
즐기는 선비지만 들소와 같은 정력이 없지 않다. 나 임보는 굳이
소라고 친다면 보잘것없는 염소라고나 할까. 이분들의 아호는 내
가 붙인 것이다.

　세상물정 모르고 지낸 네 사람의 풍류를 나는 「시수헌
詩壽軒」이라는 글을 쓰면서 다음과 같은 한시로 읊었다.

　시다주고 불우난화* 불청소음 불문세정 우이호일 승어선경
　詩茶酒鼓 佛牛蘭華* 不聽騷音 不問世情 牛耳好日 勝於仙境
　(시에, 차에, 술에, 북에/ 시수헌의 네 사람/
　세상 소리에 귀 닫고/ 세상 물정에 입 다문/
　소귀골의 좋은 나날/ 신선 세상 빰칠레라!)

　　* 佛은 古佛 이생진, 牛는 抱牛 채희문, 蘭은 蘭丁 홍해리, 華는

華山 임보인데 이를 붙이면 佛牛와 蘭華가 되는 것이 흥미롭다.

시화집을 간행하고, 사랑방 시수헌을 만들고, 우이도 원을 일구며 시제를 올리는 등 이러한 일을 꾸미고 주도한 사람이 난정이다. 그에겐 들소처럼 밀어붙이는 추진력이 있다.

또한 그의 성미는 곧다. 불의에 타협하지 않고, 초심을 굽히지 않고 끝까지 지킨다. 그가 한번 좋아한 사람은 평생 변함없이 좋아하고 그의 눈에 한번 거슬린 사람은 회복하기 힘들다. 결벽증에 가까운 그의 이런 성미는 글을 쓰는 데도 작용한다. 그는 산문을 쓰려 하지 않는다. 시인이 시를 쓰지 않고 산문에 기웃거리는 것은 순수하지 못하다고 여기는 것 같다.

「세란헌洗蘭軒」이라 제한 난정의 작품을 보도록 하자.

하늘이 씻은 너를 내 다시 씻노니
내 몸에 끼는 덧없는 세월의 티끌
부질없이 헛되고 헛된 일이 어리석구나
동향마루 바람이 언뜻 눈썹에 차다.

그는 이 글의 말미에 '우이동에서 난을 기르고 있는 달팽이집만한 마루'라고 주를 달았다. 〈세란헌〉은 난정의 당호다. 난은 원래 정결한 식물이다. 그런데도 만족치 못하고 그 난을 더 정결히 하려고 씻는 집이란 뜻이다. 이 작품에서의 난은 난정 자신의 상징물로 보아도 무방할 것 같다. 세속에 물들지 않도록 자강불식自强不息하는 염결 지향의 그의 의지를 느낄 수 있다.

난정은 담배를 아주 싫어한다. 그 주변에서 담배를 피워 물었다간 핀잔을 듣기 마련이다. 많은 애연가들을 금연토록 만든 금연전도사다. 평교사인 그가 학교의 교무실은 말할 것도 없고 교장실의 재떨이까지 추방한 일화는 유명하다. 잡기雜技도 그는 싫어한다. 화투는 말할 것도 없고 바둑 장기 당구 같은 오락을 일절 가까이 하지 않는다.

문학단체에서 거들먹거리는 소위 문단정치인이라든지, 조잡한 문예지를 만들어 수준 미달의 신인들을 양산하는 문단 장사치들을 그는 혐오한다. 감투나 수상을 넘보지 않으며 아첨과 아부를 싫어한다. 다만 그가 좋아하는 것이 시 이외에 하나 더 있다. 술이다. 아마도 마음에 맞는 사람들의 술자리면 종일 마셔도 사양치 않으리라. 수년 전 난정과 나는 거금도 앞 바다에 배를 띄워 놓고 종일 마셔대며 주위를 놀라게 한 적이 있다.

독일의 시인

권터 아이히(Guenter Eich, 1907~1952)는 자랑했다

사론스키에 내 시를 읽는 독자가 한 사람

174

바트나우하임에도 또 한 사람 있음을 안다
그러면 벌써 두 명 아닌가!

춘추시대의 악인樂人 백아伯牙는
그의 소리를 아는 유일한 친구
종자기鍾子期가 세상을 떠나자
거문고 줄을 끊었다

귄터는 둘
백아는 하나

오늘 내 소리를 듣는 이는 몇인가?
내가 알기로는 아직
하나도 없다

졸시 「지음知音」이다. 한평생 자신을 알아 줄 지기를 얻기가 힘들다. 나는 하나도 없다고 한탄했는데, 그래도 혹 내 소리를 들어 줄 '지음知音'이 한 사람쯤 내 가까이에 있을지 모른다는 기대감을 버리지 않고 있다. 우이동 사인방 가운데서 고불古佛은 방학동으로 포우抱牛는 의정부로 편리한 아파트를 찾아 일찌감치 떠나갔다. 그런데 나는 지금까지 우이동 골짝을 버리지 못하고 이렇게 버티고 있다. 난정이 아직도 세란헌에 머물며 내 소리를 들어 주고 있다고 믿고 있기 때문이 아닌지 모르겠다.

두 집의 내외는 매년 4월 25일 전후쯤 자리를 함께 해 서로의 결혼기념일을 축하하며 또한 자축하는 자리를 갖는다. 나의 기념일을 24일, 난정은 26일이기 때문이다.

해리海里, 무하유지향無何有之鄕을 찾아서

－ 洪海里論

신현락(시인)

이름 없는 풀이나 꽃은 없다, 나무나 새도 그렇다

이름 없는 잡초, 이름 없는 새라고 시인이 말해서는 안 된다.

시인은 모든 대상에게 이름을 붙여주고 그 이름을 불러 주는 사람이다

이름없는 시인이란 말이 있다

시인은 이름으로 말해선 안 된다

시로써, 다만 시로 말해야 한다

이름이나 얻으려고 주린 개처럼 진자리 마른자리 가리지 않고 기웃대지는 말 일이다

그래서 천박舛駁하거나 천박淺薄한 유명시인이 되면 무얼 하겠는가

속물시인, 시인이라는 이름으로 꺼귀꺼귀하는 속물이 되지 말 일이다

가슴에 산을 담고 물처럼 바람처럼 자유스럽게 사는 시인

자연을 즐기며 벗바리 삼아 올곧게 사는 시인

욕심 없이 허물없이 멋을 누리는 정신이 느티나무 같은 시인

유명한 시인보다는 혼이 살아 있는 시인, 만나면 반가운 시를 쓰는 좋은 시인이 될 일이다.

－「고운야학孤雲野鶴의 시를 위하여」의 일부

1

설날 며칠 후, 밤에 손전화의 신호가 울리어 발신자를
보니 홍해리 선생이었다. 선생을 알게 된 지 10년이 가
까웠지만 늦은 밤에 전화가 온 경우는 처음이어서 의아
한 마음으로 전화를 받으니 이미 꽤 거나해진 목소리가
들려왔다. 안부 따위는 생략하고 바로 본론으로 들어가
하는 말이 "시인특집 같은 것은 왜 하느냐?"며 "알잖아.
신 시인, 나는 그딴 거 별로 신경 쓰지 않으니까 쓰지 말
아"달라고 하는 내용이었다. 전화를 끊고 생각해 보니
죄송한 마음이 들었다. 물론 선생은 마음에 없는 수사만
으로 가득한 평론 같은 것을 거들떠보지 않지만 그렇다
고 자신에 대한 정당한 평가까지 마다하는 것은 아니다.
선생의 블로그에 들어가 보라. 선생은 자신의 시뿐만 아
니라 시에 관한 평론을 가지런히 정리해 놓고 있다. 선
생이 자신의 시에 대한 평가를 관심 있게 지켜보고 있다
는 것은 틀림없는 사실이다. 선생이 늦은 밤 그런 전화를
한 것은 다른 까닭이 있음을 나는 알고 있다. 나는 2006
년도에 오랜만에 나온 선생의 시집인 『봄, 벼락치다』에
대한 서평을 시작으로 그해에 다섯 편 정도의 평론을 쓰
고는 그만 싫증이 나서 한동안 은둔 아닌 은둔을 했었는
데 나의 사정을 헤아려서 그러한 전화를 한 것이다.

선생은 거의 산문을 쓰지 않는다. 산문을 싫어해서 그
런 것이 아니라 그것은 마치 황순원 선생이 소설을 위해
수필을 쓰지 않는 것과 같이 시에 몰입하고 싶은 마음

때문이다. 시인은 시로 말해야 한다는 것이 평소 선생의 지론임을 나는 잘 알고 있다. 선생은 시론도 산문이 아닌 시로 말하고 있는데 그중에 「고운야학孤雲野鶴의 시를 위하여」와 「명창정궤明窓淨几의 시를 위하여」는 천하의 명문이다. 시에 대하여 여러 말 하는 것을 별로 좋아하지 않는다는 점에서 나는 선생과 비슷하다. 그럼에도 불구하고 이런 글을 쓰고 있는 것은 선생과의 인연 때문이니 세상살이란 게 어디 마음먹은 대로만 되겠는가.

내가 선생과 인연을 맺게 된 때는 우이시낭송회에 참석했던 2002년 봄이다. 그 무렵 나는 그동안 관계하던 모든 것들과의 인연을 끊고 시골에서 낚시로 허송세월하고 있었다. 문학도 인생도 다 시들해지던 시절이었지만 한편으로는 그런 생활에 대한 회의감도 없지 않았던 까닭으로 낭송회에 한번 참석해보는 게 어떻겠냐는 이대의 시인의 제의를 뿌리치지 못하고 참석하였던 것이다. 사람에 대한 기억은 신체적인 감각과 결부되었을 때 오래가는데 처음 선생과 악수했을 때의 느낌이 아직도 생생하다. 마른 체구의 어디에서 그런 힘이 나오는지 손이 얼얼할 정도로 선생의 손아귀의 힘이 대단하였다. 얼마 전 《우리詩》 편집부로부터 시인론을 써 달라는 부탁을 받았을 때 나는 그때의 느낌이 떠올랐다. 낭송회에 참석한 후 나는 《牛耳詩》 편집에 참여하게 되었다. 매월 낭송할 원고를 모아서 분류하고 워드로 편집하는 일을 약 1년간 하게 되어 선생과 자주 연락할 수밖에 없었다. 문단의 생리에 적응을 못하여 변방에서 헤매고 있었던 나는 그 일을 계기로 하여 선생의 시에 대한 열정과 사심 없이 일을 하는 인간적인 고결함에 반하여서 지금까지 우리시회에 몸담는 기쁨을 누리고 있다.

2

선생의 시와 인생에 대하여 가장 적확하게 표현한 글은 그의 오랜 지기인 이무원 시인이 쓴 「말 없는 식물성 시인」이다.

"그는 순식물성이다. 풀로 말하면 난이요, 나무로 말하면 매화다. 술로 말하면 소주요, 밥으로 말하면 꽁보리밥이거나 순 쌀밥이지 팥이나 콩이 섞인 잡곡밥은 아니다. 그는 술을 좋아하지만 술을 욕되게 하는 법이 없고, 그는 시를 생명처럼 사랑하지만 말을 많이 하지 않는다. 그는 좋은 것은 좋고 싫은 것은 싫기 때문에 좋고도 싫다든가 싫지만 좋다는 어정쩡한 중간 개념에는 익숙하지 못하다. 그는 직설적으로 짧게 말함으로써 더욱 많은 말을 하는 사람이다. 두루뭉실 굴러가야 살기 편한 세상에 그는 낙락장송이듯 초연하다."

난과 매화는 선생을 대표하는 식물이다. 난을 좋아하는 선생을 보고 임보 선생께서 호를 난정蘭丁으로 지어주었을 정도로 난에 관한 선생의 사랑은 각별한 바가 있다. 난에 대한 선생의 수집벽은 대단한 것이어서 한때는 자생란을 채집하기 위하여 전국의 산하를 누비고 다녔다고 한다. 산에서 내려오는 선생을 보고 마을 사람이 무장공비로 오인하여 신고하는 바람에 경찰에 붙잡히기도 했다는 일화는 그 시절에 선생이 어떠했는가를 보여준다. 난과 매화는 선비의 멋과 풍류, 지조를 상징하는데 선생의 삶과 문학을 나타내는데 이처럼 적절한 비유는 찾기 어렵다는데 나는 동의한다.

> 진초록 보석으로 날개를 달고
>
> 눈을 감고 눈을 뜬다
>
> 만 가지 시름이 적막 속으로 사라지고
>
> 가장 지순한 발바닥이 젖어 있다
>
> 내장산 비자림 딸깍다릴 지날 때에도
>
> 영원은 고요로이 잠들어 있었거니
>
> 아무 일도 일어나지 않을 듯
>
> 투명한 이른 봄날 이른 아침에
>
> 실 한 오라기 걸치지 않은 女人의 中心
>
> 실한 무게의 남근男根이 하늘에 걸려 있다
>
> － 「난꽃이 피면」의 부분

선생의 집은 각종 난분으로 가득했었다는데 아쉽게도 구경을 해보지 못해서 그 장관을 표현할 방법이 없지만 선생이 단지 호사가의 취미로 난을 모았던 것은 아니다. 선생에게 난은 단지 군자의 애완물이 아니라 우주의 근

원을 상징하는 존재이다. 난의 개화 앞에서 시인은 '눈을 감고 눈을 뜬다.' 육체의 눈을 감고 영혼의 눈을 뜨면 세속의 근심이 눈 녹듯 사라지고 존재의 근원이 비의의 모습을 보인다. 그때의 공간이 내장산이건 저자거리건 상관없이 '영원은 고요로이 잠들'고 삼라만상이 투명해지는 순간이 온다. 그 순간 시인은 꽃 한 송이 속에 천지의 조화를 엿보는데 '여인의 중심'과 '남근'의 어우러짐이 그것이다. 음양의 어우러짐은 결국 생명의 가장 원초적인 형태가 아니던가.

풍류하면 빠질 수 없는 것이 술인데 정말이지 선생은 술을 좋아해서 꽃 보고 술이요, 사람을 만나면 술이요, 시를 보고도 술이다. 선생은 술을 즐기지만 술로 인하여 생활을 소홀히 하거나 자신과 상대방을 욕보이지 않는다. 주량은 말술이지만 60년대의 전설적인 시인들처럼 만사를 제치고 사흘이고 나흘이고 폭음하지는 않는다. 언젠가 나는 황정산 시인과 함께 선생을 찾아 술자리를 한 적이 있다. 그때 낮술 탓도 있지만 이상하게 금세 취하여 나는 선생에게 "선생님의 시는 왜 그렇게 청상과부처럼 슬프냐", "왜 그렇게 비슷한 시를 많이 쓰느냐"는 등 말도 안 되는 주정을 부렸다. 선생은 그저 고요히 미소만 짓고 있었을 뿐, 더 이상 기억이 나지 않은 시간에서 또 어떤 주정을 부렸는지 다음날 깨어나서도 도통 가물가물한데 "괜찮으냐?"며 전화를 먼저 걸어온 쪽은 오히려 선생이었다. "죄송하다"고 어물거리는 나에게 선생은 "취하지도 않는 게 시인이냐?"며 껄껄 웃는 것이었다. 선생의 스승이었던 조지훈 시인은 술을 마시는 격조와 품위에 따라 주도의 단계를 나눈 적이 있는데 그에 따르면 선생은 술과 더불어 유유자적하는 낙도樂道의 단계에 든 것이니 술을 마시기는 하지만 통제를 못하는 나 같은 사람은 더불어 대작하는 것만으로도 송구스러울 뿐이다.

선생에 대한 나의 생각은 식물적인 특성에만 한정되지는 않는다. 선생과 함께 오랫동안 《牛耳詩》를 이끌어 오던 임보 선생은 다음과 같이 읊었다.

고불古佛 이생진李生珍은 물소

포우抱牛 채희문蔡熙汶은 황소

난정蘭丁 홍해리洪海里는 들소

나 임보林步는 조그만 염소

– 임보, 「네 마리의 소」 전문

이 시에서 홍해리 시인을 평가하기를 '난정은 난과 매화를 즐기는 선비지만 들소와 같은 정력이 없지 않다'고 하였다. 임보 선생의 깊은 뜻은 헤아릴 길 없지만 선생의 문학에 대한 열정과 추진력을 보면 '들소'란 지적에 고개를 끄덕이게 된다. 작년 11월 말경 우리시진흥회 청주지회 창립식에 참석할 때의 일이다. 선생은 인사말 중에서 청주지역에 변변한 동인지가 없어서 《내륙문학》 창간을 주도하고 계간지로 만들려고 하던 중 서울로 이사를 하는 까닭에 그렇게 되지 못했는데 만약 자신이 계속 청주지역에 머물고 있었다면 무슨 수를 써서든지 계간지로 만들었을 거라는 취지의 말을 하였다. 그 말을 듣고 나는 '선생이라면 틀림없이 그렇게 하였을 것'이라는 생각을 하였다. 남들이 알아주건 알아주지 않건 상관하지 않고 오로지 자연과 생명을 사랑하는 시를 쓰겠다는 일념으로 우리시회를 24년간이나 지켜오고 키워온 열정과 추진력은 들소와 같은 저돌성과 순수한 정력이 없으면 불가능한 일이기 때문이다.

3

홍해리 시인은 1942년(실제는 1941년) 충청북도 청원군 남이면 척산리에서 태어나 1969년 시집『투망도投網圖』를 통해 등단한 이래 현재에 이르기까지 15권의 시집과 두 권의 시선집을 출간하였다. 청소년기를 청주에서 성장한 그는 고려대 영문과를 졸업한 뒤 세광고와 청주상고 교사를 거쳐 서울에서 교편생활을 마감하였다. 그동안 청주지역에서《내륙문학》창간을 주도하였고 서울로 이사한 후에는 〈진단시〉와 〈우이동시인들〉 동인으로 활동하였으며 최근에는 우리시진흥회 이사장을 역임하는 등 문학단체 활동에 남다른 노력을 기울여왔다. 문학 내외적으로 기념할 만한 업적을 남기고 있는 사실에 비하여 선생에 대한 문학적 평가는 거의 없었다고 해도 과언이 아니다. 선생에 대한 평론은 주로 시집 해설이나 서평 및 개별 작품에 대한 감상적 차원에서 벗어나지 못하고 있는데 이 점은 문학을 하는 우리들이 반성하고 부끄러워해야 할 부분이다.

선생은 등단부터 남과 달랐다. 그 당시 대부분의 시인들이 신춘문예나 문예지의 추천제도를 통해 등단한 반면 선생은 시집으로 등단하였다. 양채영 시인이 쓴 평론을 읽어보면 '등단 문제로 선생이 어떤 상처 같은 것을 받았다'는 구절이 보이는데 더 이상 자세한 이야기도 없고 선생도 그 부분에 대해서는 일체 함구하고 있기 때문에 무슨 일이 있었는지 알 길은 없다. 앞에서도 언급하였듯이 선생은 고려대 영문과를 졸업하였다. 당시 고려대에는 김종길 시인이 영문학을, 조지훈 시인이 국문학 강의를 하고 있었는데 두 분들은 문단에 상당한 영향력을 가지고 있는 분들이어서 추천을 받는 것이 그렇게 어려운 일이 아니었을 것이라는 짐작을 해보는데 선생은 그 길을 접고 다른 등단과정을 거쳤다. 저간의 사정이야 어떻게 되었든 나는 이 부분에서 선생의 고집을 느낀다. 그것은 시인은 오직 시로 인정받아야지 문단정치나 인맥에 의해 좌우되어서는 안 된다는 뜻으로 나는 읽는다. 선생의 이러한 고집이 입때껏 선생의 문학적 성과에 비해 평가를 받지 못하게 된 주요한 원인이라고 나는 생각한다. 근래에는 다행스럽게도 선생의 시를 좋아하는 독자도 많이 늘어나고 있으며 심심찮게 평론에 이름이 거론되고 있으니 시인이 올곧은 신념으로 시를 써나가는 일이 결코 외롭지 않은 길임을 선생을 통해 나는 깨닫는다.

선생의 초기시에 대한 평가는 주로 문우인 안수길 소설가, 양채영 시인, 이영걸 시인이 쓴 시집 발문과 평론에 의해 이루어진다. 양채영 시인은 「맑은 감성과 삶의 원환」이란 글에서 초기시의 심미적인 특성을 지적하면서 『투망도』에서는 '신선한 관능의 육화를 역사 속의 여성으로부터' 찾아내고 있는 점을 주목하였다. 이러한 미의식은 제2시집 『화사기花史記』에서 추상성을 벗어나 구체적인 깊이를 얻게 되었다고 보면서 '삶의 한 양상으로 반복과 소멸과 생성의 원환'을 시의 주조로 결론을 짓고 있다. 선생의 초기시의 특징을 전통적인 세계에 대한 향수와 심미적인 세계를 바탕으로 한 삶과 자연의 탐구로 보는 견해에 이견은 없는 것 같다.

종일 피릴 불어도
노래 한 가락 살아나지 않는다.

천년 피먹은 가락
그리 쉽게야 울리야만
구름장만 날리는
해안선의 파도소리.

물거품 말아 올려 구름 띄우고

바닷가운데 흔들리는 순금 한 말

가슴으로 속가슴으로

모가지를 매어달리는 빛살

천년 서라벌의 나뭇이파리.

달빛을 흔들어 놓고

조상네 강물을 울어

손가락 입술까지 적신다만

금빛 가락 은빛 가락은

눈물 뿌리던 사랑.

먼지 쌓이는 한낮에 놀다 가는

그림자뿐.

- 「善花公主」 전문

선생과 《내륙문학》 동인으로 함께 활동했던 소설가 안수길은 「무교동의 클리토리스」란 선생의 시인론에서 이 작품을 다음과 같이 평하고 있다.

연대로 보아 그의 시작 초기에 해당할 이 「선화공주」는 시인 김
용호金容浩 씨의 말대로 '옛설화를 시화하는데 성공'한 작품이면서
도 표현과 구성면에서 특이한 기교를 보여 주었던 것 같다. …(중

략)… 이 시기에 그가 쓴 시편들에서는 자주 그런 경향, 즉 전통적
인 질그릇에 새로운 유약을 칠해 놓은 듯한 인상을 받게 하였다.

김용호 시인의 글을 읽어보지 못했으므로 어떤 문맥
에 의하여 '옛설화를 시화하는데 성공'한 작품이라고 평
하였는지 알 수 없으나 '전통적인 질그릇에 새로운 유약
을 칠해 놓은 듯'하다는 안수길의 조심스런 언급은 정곡
을 찌르고 있다. 이 작품의 소재가 '선화공주'라는 인물
이라고 해서 이 작품이 단순히 전통에 대한 향수를 담고
있다고 말하기는 어렵다. 시인은 선화공주와 서동에 얽
힌 사랑에 관한 노래를 감상적으로 재현하는 것이 현대
에서 불가능하다는 것을 알고 있다. 그래서 시인이 바닷
가에서 '종일 피릴 불어도' 옛노래의 사랑의 가락은 '살
아나지 않는' 것이다. 그곳에서 시인이 보는 '바닷가운
데 순금 한 말'은 '속가슴'으로 흘러오는 '천년 서라벌'의
'금빛 가락 은빛 가락'이겠지만 그것은 시인에게 새로운
노래로 부활하지 않는다. 시인은 단지 그곳에서 '먼지
쌓이는 한낮에 놀다가는/ 그림자'일 뿐이다. 시인은 전
통적인 가락에서 '모가지를 매어달리는 빛살'을 보고 '
손가락 입술까지' 동화되어 가는 자신을 느끼지만 그것
은 그저 '눈물 뿌리던 사랑'이었으므로 더 이상 옛노래
에 연연하지 않는다. 전통은 금가락지처럼 빛나고 아름
답지만 시인은 그저 그 빛 속에서 그림자로만 남는 것이
다. 나는 이 작품을 아마도 선생이 이 작품 이전에 썼을

전통지향적인 경향과는 다른 시세계에 대한 탐구의 시
발점으로 읽는다. 전통과 토속적인 세계에 대한 관심은
이후 선생의 시에서 지속적으로 나타나지만 전통적인
서정시의 문법과는 변별되는, 이미지와 생동감 있는 리
듬을 바탕으로 한 심미적 세계의 가치 추구라는 홍해리
시세계의 출발은 이미 초기시부터 형성되었던 것이다.

4

선생의 시풍은 제3시집 『무교동武橋洞』편에 와서 사회
적 상상력을 동원하면서 문명비판의 방향으로 변화하
지만 '이미지의 연상적 전개와 수사적 자세와 활달한 리
듬은 거의 변화가 없다'는 이영걸 시인의 지적은 음미할
만하다. 선생은 사회적인 비판을 주제로 시를 쓸 때에
일부 직설적인 어법을 사용하기는 하지만 이미지를 생
동감 있는 리듬에 실어서 상황에 대한 분위기를 암시하
는 것으로 메시지를 전하려고 한다.

아스팔트와 시궁창으로 내리는

자정의 불빛

숨을 자들 다 숨어버리고

오줌 먹은 담벼락과 오물찌꺼기가

텅 빈 도시를 지킬 때

하늘에서 내려온 하얀 달빛이

부끄러움에 고개를 돌린다

– 「무교동 · 12」의 일부

'무교동'은 도시문명의 상징적인 공간이다. 시인은 '아스팔트와 시궁창', '오줌 먹은 담벼락과 오물찌꺼기' 등 '어둠'의 이미지로 그 공간을 묘사한다. '숨을 자들 다 숨어버린' 자정의 시간은 아마도 70년대의 폭력적이고 야만적인 시대상황을 뜻하는 것으로 읽히는데 그 상황에 대한 시인의 인식은 '부끄럽다'는 것이다. 그런데 그 부끄러움의 주체가 자신이 아닌 자연인 점을 주목할 필요가 있다. 부끄러움은 윤동주의 시가 그렇듯이 시대상황에 대한 인식과 자기반성에서 오는 감정이지만 선생은 시대상황에 대한 인식 이후에 자연을 반성의 주체로 놓는다. 암울한 도시의 공간과 시대의 어둠을 시인이 아닌 '하늘에서 내려온 하얀 달빛이/ 부끄러워 고개를 돌리는' 것이다. 이 지점에서 시인이 새로운 출발을 위한 희망을 가질 수 있는 계기가 마련된다.

　　영원한 종말

　　영원한 시작을 위하여

　　불의 꿈, 물의 꿈, 바람의 꿈, 모래의 꿈, 소리의 꿈, 빛깔의 꿈,

　사람의 꿈, 죽음의 꿈, 하늘의 꿈, 꿈의 꿈들을 싣고

　　바다로 바다로 달려가는

　　끝없는 한강줄기

　　물빛에 반짝이는 허공의 불빛

　　절망의 하얀 손들이

　　그 불빛을 잡고

허허로이 나부끼는 덧없는 깃발이 되어

하염없이 펄럭이고 있다

영원한 끝

새로운 출발을 위하여,

대한민국의 자궁

서울의 클리토리스

숱한 뉘우침을 만나

질긴 어둠이 되고 있다.

– 「무교동 · 15」의 일부

　무교동은 '대한민국의 자궁'인 '서울의 클리토리스'이다. 부정적이고 어둠뿐이던 그 공간이 단숨에 대한민국의 가장 예민한 성감대가 되는 것은 '숱한 뉘우침'을 만나기 때문이다. 그 뉘우침의 색인에는 '물, 불, 모래, 사람, 죽음' 등 삼라만상이 다 들어 있다. '클리토리스'처럼 무교동은 시대의 어둠 속에서 숨어 있지만 가장 예민한 감각으로 시대의 뉘우침을 듣고, 인간과 자연의 꿈을 품으며, 새로운 출발을 향한 시간을 예비하고 있다. 그 출발의 방향이 무교동과 같은 현실세계가 아니라 미적 자연의 세계라는 것은 앞의 시편에서 살펴본 바와 같다.

　무교동 연작시편은 선생이 서울로 이사한 후 겪게 된 갈등의 산물로서 선생의 작품으로는 드물게 시대와의 불화의식, 문명비판 등을 주제로 하고 있음에도 무겁게

읽히지 않는 것은 리듬 때문이다. 예로 든 시들은 대부분이 한 행이 2음보, 혹은 2음보가 중첩 되어 있기 때문에 독자로 하여금 속도감을 느끼게 한다. 이런 속도감은 전언의 정확성이나 진실성보다는 독자들에게 상황에 대한 시인의 정서적 반응에 더 주의를 갖도록 하는 효과를 가진다. 운율을 중시하는 시의 형식적 특징은 세계가 아무리 부정적이고 분열적이어도 그 세계를 긍정하고 통합하려는 의지를 갖고 있다는 세계관의 반증이다.

5

선생의 시는 아무래도 현실세계의 체험의 가치를 추구하기보다는 심미적 가치를 중시한다고 보는 편이 옳을 것으로 본다. 선생의 시를 초기시부터 후기시까지 일독한 후 나는 이상하게도 대부분의 시인들이 한 번쯤은 언급하고 있는 가족, 혹은 가족사에 대한 시편이 거의 없음을 발견하게 되었다. 몇 편이 보이긴 하여도 아주 단편적인 것뿐이다. 또한 현실의 경험적 세계가 직접적으로 드러나는 시편은 「무교동」 연작시편 외에는 별로 보이지 않는다. 2월말 시낭송회가 끝나고 행한 뒤풀이에서 나는 이 점에 관하여 말씀을 드렸더니 선생은 조금 생각해보더니 "정말, 그렇네. 거의 없는 게 아니라 아주 없지." 라며 선선히 인정하였다. 나는 그 까닭을 더 물어보려다가 그만 두었다. 선생은 우리나라 시단에서는 초기부터 현재까지 자연과 심미적 세계의 미학적인 가치에 대한 탐구로 일관하고 있는 몇 안 되는 시인이기 때문이다.

미학적인 가치에 대한 탐구의 절정에 난蘭이 자리하고 있다. 70년대에 시작해서 90년대 중반까지 계속된 선생의 난에 대한 사랑과 탐구는 선생이 자부하듯이 현시단에서 유례를 찾아볼 수 없는 것이라고 할 수 있다. 나는 선생이 난에 열정을 쏟았던 이유를 시대와의 불화 속에서 시인으로서 돌파구를 찾기 위해서 불가피하게 선택한 것으로 보았다. 나는 얼마 전에 이런 점을 말씀드리고 난을 탐구하게 된 계기에 대해 질문을 드렸다. 선생은 "그런 거창한 뜻보다는 선인들의 시서화에 나타난 난이 어떤 것인가를 캐보고 싶었고 또 어느 책에서 읽었던 '東國無眞蘭'(우리나라에는 난다운 난이 없다)이란 구절에 의혹과 충격을 받고 나서 조선시대 문인인 강희안의 『양화소록養花小錄』을 읽다가 '우리나라에는 난초와 혜초의 종류가 그리 많지 않다(本國 蘭蕙 品類不多). / ~ / 그러나 호남 연해의 모든 산에서 난 것은 품종이 아름답다(生湖南沿海諸山者 品佳)'라는 구절을 보았는데 이것을 증명하기 위해 난을 찾아 전국 방방곡곡을 돌아다니기 시작했다."고 하였다.

내심 그럴 듯한 대답을 기다리고 있던 나는 실망감이 없지는 않았지만 역시 탐미주의자다운 대답이라는 생각이 들었다. 나는 아직도 집에 난분이 많이 남아 있는지 물어보았다. 선생은 난농장을 하는 친구에게 그냥 다

주어버렸다고 했다. 의아해 하는 나를 보고 선생은 "그 친구가 내 아들 결혼할 때 신세를 갚기는 했지."라며 "난은 풀일 뿐이야. 풀을 풀로 보아야지 돈으로 보는 순간 난은 사라져버리는 것"이라는 말을 덧붙였다.

"자연이다. 자연의 마음을 가지고 함께 살아야 한다. 인격으로 대하고 같이 대화하며 생활해야 한다. 약간의 무관심과 적당한 게으름이 약이다. 자연은 그런 것이 아닌가. 자연은 가장 오묘하고 아름다운 詩이다. 우리가 도저히 흉내낼 수 없는 시이다. 난은 시이다. 서정시요 서사시이다."

―시집 『애란愛蘭』의 서문에서

선생에게 가장 아름다운 미는 자연이다. 자연 중에서도 선생의 마음을 사로잡는 난이야말로 가장 아름다운 자연이다. 자연은 우리가 흉내낼 수 없는 가장 오묘한 시인 까닭으로 난이야말로 시인이 추구하는 이상적인 서정시라고 할 수 있다. 선생에게 난과 자연과 시는 하나이다. 시집 『애란愛蘭』은 난과 자연과 시에 대한 선생의 미학적인 탐구의 결정체이다.

수천 길

암흑의 갱 속

반짝이는 언어의 사금

불도 없이 캐고 있는

이,

가슴엔

아지랑이

하늘엔

노고지리.

– 「애란愛蘭 – 시인詩人」 전문

난이 자연의 보석이듯이 시는 언어의 보석이다. 시를 쓰는 사람은 자연 속에 숨어 있는 언어의 광맥을 찾아 '수천 길/ 암흑의 갱 속'을 광부처럼 파고 들어가야 한다. 동료도 없고 '불도 없'다. 수천 길 지하에서부터 하늘에 이르는 수직적 높이, 그러한 절대고독의 경지에서 '반짝이는 언어의 사금' 하나를 시인은 가슴에 품지만 정작 그 언어는 '아지랑이'처럼 실체가 없다. 하늘을 날아다니는 '노고지리'의 지저귐처럼 노래의 여운만 있을 뿐이다. 만약 시인이 '언어의 사금'에 집착한다면 그는 이미 시인이 아니다. 왜냐하면 시인은 정주할 거처가 없는 자이기 때문이다. 시인은 자연에서 정금 같은 언어를 발굴하지만 그것을 소유하지 않고 노래할 뿐이다. 시의 언어가 그렇게 노래처럼 아름답고 자유로운 것이기에 난초처럼 무소유의 향기를 품는 것이 아니겠는가.

6

시집 『애란』을 출간한 8년 후에 선생은 시집 『봄, 벼락 치다』를 출간한다. 이전에 2년마다 시집을 출간한 간격으로 보면 꽤 오랜 공백 기간이다. 나는 그 까닭에 대하여 물어보았으나 "뭔가 꺾이어서 그랬다"는 대답 이외의 소득은 얻지 못하였다. 아마 선생에게 그 기간은 시 세계에 대한 변화를 모색하는 시간이었던 것으로 짐작된다. 과연 선생은 같은 해에 『푸른 느낌표!』를 출간하고, 2년 후 『황금감옥』과 뒤이어 시선집 『비타민 詩』를 연속해서 간행한다. 그리고 2010년에는 『비밀』을 출간하는 등 화산이 폭발하는 듯한 창작욕을 선보이는데 출간하는 시집 모두 일정 수준 이상의 문학적 성과를 거두고 있는 것으로 판단된다.

이 시기의 두드러진 특징은 자연으로서의 인간에 대한 탐구가 깊이를 더하고, 시와 시론에 대한 시가 자주 눈에 뜨인다. 시집 『비밀』의 서문을 대신하여 쓴 「명창 정궤의 시를 위하여」는 시로 쓴 시인의 시론으로 읽을수록 깊은 맛이 우러나온다. 그 중에 선생의 시정신을 가늠해 볼 수 있는 다음과 같은 구절이 나온다.

"시인은 감투도 명예도 아니다

상을 타기 위해, 시비를 세우기 위해, 동분하고 서주할 일인가

그 시간과 수고를 시 쓰는 일에 투자하라

그것이 시인에겐 소득이요, 독자에겐 기쁨이다

이 글의 요점은 '시인은 선비이다'라는 것이다. 그렇다면 이 시대에 선비는 누구를 말하는가? 선비는 우선 독서하는 사람이다. 독서를 게을리 하는 시인은 좋은 시를 쓸 수 없다. 선비가 물질보다는 정신에 가치를 더 두는 사람인 것처럼 시인은 감투와 명예와 같은 외적인 것을 추구해서는 시인이라 할 수 없다. 선비가 시서화를 통하여 교양과 정신세계를 가꾸어 많은 사람들을 이롭게 하듯이 시인은 시를 통하여 맑고 깨끗한 정신세계를 독자들에게 제공해야 한다. 선비는 이득을 추구하는 자가 아니고 의로움을 추구한다. 따라서 시속에 따라 자신의 처세가 달라지지 않는다. 그런 사람이 선비이고 시인이다. 선비의 양심과 정신은 오늘날이라고 해서 구태의연한 가치가 아니다. 선비가 한 나라의 정신문화의 뿌리이듯이 시인은 현시대의 정신문화의 뿌리이다. 시인의 정신이 썩으면 한 나라의 정신문화가 썩는 것이다. 현재 시인의 수가 몇 만 명을 상회한다고 한다. 가히 시인공화국이라 할 수 있다. 그런데 일부이기는 하지만 시인의 본분을 잊고 외적인 이로움에만 눈길을 돌리는 시인들이 없지 않다. 선생은 그런 시인들이 못마땅하다. 그래서 선생이 다른 문학단체의 행사에 전혀 참석하지 않는 것인지도 모르겠다.

'명창정궤明窓淨几'는 시인이 거처하는 정신의 서재이

다. 오늘날 가끔 선비정신을 말하고 있는 시인은 있지만 선생처럼 삶과 문학이 소슬한 한 채의 집을 이루고 있는 시인은 거의 없다. 나는 가끔 마음이 어지러울 때 선생의 이 글을 자경문 삼아서 읽는다. 나는 아직 선생의 서재에 초대를 받지 못하였지만 글을 통해서나마 시인의 품격과 향기가 배어있는 차의 맛이 어떠해야 하는지를 느끼고 배울 수 있게 된 점을 행운으로 생각하고 있다. 조지훈 시인을 이 시대의 마지막 선비라고 하는데, 그분의 제자인 선생이야말로 선비의 진면목을 온몸으로 우리에게 보여주고 있다고 나는 생각한다.

　　몸으로 산을 만들었다
　　허물고,

　　다시 쌓았다
　　무너뜨린다.

　　그것이 온몸으로 세상을 재는
　　한평생의 길,

　　山은 몸속에 있는
　　무등無等의 산이다.

　　　　　　　　　　　　　　　-「자벌레」전문

　선생의 시편 가운데 한 편이다. 4연 8행의 형식에 한

연은 2행으로 이루어진 작품이다. 4연은 기승전결의 구조로 시에서 가장 많이 차용되는 형식이며 1연 2행으로 이루어진 형식은 정지용과 청록파의 초기시에 많이 보이는 것으로 시의 운율성을 살리고 의미의 통일적인 효과를 불러오는 특성을 가지고 있다. '자벌레'는 서정적 자아의 투사물이다. 1연과 2연은 자벌레의 운행을 시인의 시작과 연관지어 비유적으로 나타냈다. 자벌레는 수축과 이완을 반복하면서 앞으로 나가는데 수축할 때는 '산'처럼 몸의 중앙이 솟아오르고 이완할 때는 평지가 되는 것처럼 몸을 '무너뜨리며' 간다. 시인도 시를 쓸 때는 자신의 온몸을 바쳐 한 편의 시/산을 세우는 것이며 다음 시를 쓸 때는 다시 자기가 쓴 시를 무너뜨려야만 새로운 시를 향하여 나갈 수 있는 것이다. 자벌레가 자신의 몸길이만큼 앞으로 나아가듯이 시인도 자신의 '온몸으로 세상을 재'며 '한평생' 시를 써왔다. 산은 시인이 평생을 쓴 시이다. 그 산/시는 그러나 세상에 있는 것이 아니라 시인의 '몸속'에 '무등無等'의 형태로 존재한다. 무등이라! 시를 온몸으로 쓴다고 한 김수영 시인도 여기까지는 미치지 못했으리라. 감히 온몸으로 시를 쓴다고 선언하기도 힘든데 온몸으로 쓴 시를 선생은 '무등'이라고 정의한다. 시/산과 시 아닌 것/평지의 경계가 사라지는 놀라운 순간을 나는 이 시에서 목격한다. 시의 언어를 존재의 집이라고 한 하이데거의 말이 무색해지는 순간이다. 시의 언어는 존재의 본질을 담고 있지만 정작 시인은 그 속에 머물지 않는다. 자신이 지은 집을 끊임없이 허물고 새로운 집을 향해 가는 게 시인된 자의 숙명임을 아는 시인이 얼마나 되는가. 더군다나 그것이 무등이라면 이미 선생은 무애无涯의 경지에 든 것이란 말인가.

선생의 시는 아직 진행형이므로 이 시기를 후기시라고 말할 수 없으나 연륜을 더할수록 내용과 형식의 유기적인 조화에 매우 세심하게 주의를 기울이고 있다는 점에서 선생은 목월 이상의 스타일리스트라고 할 수 있다. 특히 시형식의 유기적 조화와 완결미를 중시한다는 점에서 선생은 고전주의자이다. 이러한 시적 경향은 아무래도 선생의 스승인 조지훈 시인의 영향이 매우 크다고 볼 수 있다. 그러나 조지훈 시인의 중기 이후의 시가 현실과 정치에 대한 직접적인 언급으로 선회하면서 다소 형식적인 느슨함을 보이는 반면에 선생의 시는 후기에도 형식의 일탈이나 이완은 심해 보이지 않는다. 개인적으로는 선생의 작품 중에서 「봄, 벼락치다」를 좋아하는데 다소 자유로운 형식을 보이는 가운데에서도 자연에 대한 통찰, 생명에 대한 경이를 선시적인 비유와 압축으로 마무리하는 솜씨는 가히 일품이다.

7

선생의 본명은 봉의峯義이며 필명으로 해리海里를 쓰고 있다. 연보를 보니 60년도부터 필명을 쓰고 있었는데, 그 연유를 물으니 선생의 답변은 의외로 소박하였다. "내가 좋아하는 노래는 '클레멘타인'인데, 거 왜 그 노래에 넓고 넓은 바닷가에 오막살이 집 한 채가 나오잖아. 넓을 홍洪자에 바다 해海자가 거기에서 나온 거야." 물론 바다가 없는 충북이 고향이어서 미지의 바다에 대한 그리움도 있었지만 해리라는 필명을 쓰게 된 직접적인 까닭은 그 때문이라는 말이다. 나는 이 말을 듣고 범박하게나마 선생의 문학적 경향에 대한 일단을 이해하게 되었다. 선생의 시는 지금 이곳에 없는 것에 대한 그리움과 동경을 지니고 있다는 점에서 낭만주의적 성격을 띠고 있는데 해리라는 필명이 이를 웅변적으로 말해주고 있는 것이다.

나는 앞에서 선생의 시적 출발은 현실세계에 대한 탐구보다는 심미적 세계의 가치 추구가 우선한다고 진술하였다. 선생의 미의식은 현실적 가치와 심미적 가치가 충돌할 경우, 때로는 비장미를 보이기도 하지만 대부분의 경우에 있는 세계와 있어야 하는 세계를 조화롭게 보려고 하는 우아미가 우세하다. 그런 면에서 선생은 형식적으로는 고전주의자이며 기질적으로는 낭만주의자이면서 전통에서 새로운 미학적 가치를 찾는 이 시대의 미학주의자요 멋과 풍류를 온몸으로 즐기는 선비시인이다.

시詩의 나라

우이도원牛耳桃源

찔레꽃 속에 사는

그대의 가슴속

해종일

까막딱따구리와 노는

바람과 물소리

새벽마다 꿈이 생생한

한 사내가 끝없이 가고 있는

행行과 행 사이

눈 시린 푸른 매화,

대나무 까맣게 웃고 있는

솔밭 옆 마을

꽃술이 술꽃으로 피는

난정蘭丁의 누옥이 있는

말씀으로 서는 마을

그곳이 홍해리洪海里인가.

–「홍해리洪海里는 어디 있는가」 전문

　해리는 누구이며 해리는 어디에 있는가. 그 흔한 문학
상 하나 받은 일 없는 무관의 제왕이 해리이다. 적절하
게 타협하며 살아가야 편한 세상에 홀로 낙락장송처럼
푸른 귀를 가진 시인, 가슴에 우주를 품고 자연의 이법
을 자벌레처럼 온몸으로 재면서 살아가는 시인, 유명한
시인보다는 혼이 살아있는 시인이 되기를 원하는 시인

이 해리이다. 해리는 진정한 시의 나라이다. 임보, 채희문, 이생진 시인과 함께 시와 술로 풍류를 즐기며 사는 우이도원이 해리이다. 선생의 시에 그토록 많이 나오는 찔레꽃 피는 마을이 해리이다. 선생이 시작에 몰두하느라 허리를 다쳤던 곳, 그곳에서 우이시낭송회를 20년 이상 이끌고, 자연과 생명과 시를 목숨처럼 여기는 《우리詩》의 모태가 되었던 시수헌詩壽軒이 해리이다. 매실이 열리면 매화술을 담그고, 술이 익으면 벗들을 불러 꽃잎 띄운 술잔을 돌리는 곳, 시인들의 얼굴에 은은히 난초향이 어리는 곳, 세란헌洗蘭軒이 해리이다. 난정蘭丁의 누옥이 있는 말씀으로 서는 마을, 온몸으로 시를 쓰고 다시 부수며 새벽 세 시면 어김없이 한 사발의 냉수와 같은 시를 쓰기 위해 선정에 드는 마을, 그곳이 해리이다. 서정시가 찬밥 신세를 면치 못하고 있는 시대에 서정시의 불을 살리려고 온몸으로 불쏘시개가 되는 서정시의 순교자, 그 사람이 해리이다.

자연으로 가는 길에 시인의 마을이 있다. 해리는 시인의 마을의 촌장이다. 나도 그 마을에 물처럼 바람처럼 가서 살고 싶다. 그러나 나에게 해리는 어디에도 없고, 어디에도 있는 무하유지향無何有之鄕이다.

시인이여 詩人이여

지은이 홍해리

1판 1쇄 인쇄 2012년 6월 20일
1판 1쇄 발행 2012년 6월 25일

발행인 김소양

편집 이윤희
마케팅 김지원, 이희만, 장은혜

발행처 ㈜우리글
출판등록번호 제 321-2010-000113호
출판등록일자 1998년 6월 3일

주소 서울시 서초구 양재2동 299-5 남양빌딩 6층
마케팅팀 02-566-3410 **편집팀** 02-575-7907 **팩스** 02-566-1164
홈페이지 www.wrigle.com **블로그** blog.naver.com/wrigle

ⓒ 홍해리, 2012

값은 표지에 있습니다.
ISBN 978-89-6426-053-1 03810

잘못 만들어진 책은 구입하신 서점에서 교환해드립니다.